Party, Party

AF271823

Ilke Müller

Neuauflage

Diese Geschichte ist frei erfunden.
Ähnlichkeiten mit lebenden oder
verstorbenen Personen wären rein
zufällig.

Herstellung und Verlag:
BoD- Books on Demand, Norderstedt
ISBN: 9783848202942

Für Eleonore Wingert gab es wirklich keinen Grund sich zu beklagen. Ihre kleine Partyagentur, die sie mitten im Herzen von Rheinland Pfalz betrieb, lief hervorragend. Ihr Kundenkreis erstreckte sich über die halbe Bundesrepublik, in deren Liste sich namenhafte Firmen einreihten. Alle ihre drei Teams, die jeweils aus zwei Angestellten bestanden, waren voll ausgelastet, trotz der allgemein schlechten Konjunktur. Aber genau da lag das Geheimnis. Die meisten Firmen zogen es immer häufiger vor, ihre Partys oder Geschäftsevents in den eigenen Räumlichkeiten zu veranstalten, anstatt welche anzumieten, und da bedurfte es natürlich professioneller Hilfe. Genau da kam Wingert ins Spiel. Sie zog, wenn es sein musste, ein volles Partyprogramm durch, ganz nach den Kundenwünschen, wobei ihr oberstes Gebot »gut und günstig« lautete, gekoppelt mit ihrem Leitfaden »seriös und diskret«. Eine Methode, die den Geldbeutel der Auftraggeber schonte und ihren füllte. Sie machte dabei keine Unterschiede, ob es sich um eine kleine Familienfeier handelte, oder ein großes geschäftliches Event. Und wenn jemand nur ein paar individuelle Einladungen oder Danksagungen benötigte, so wurde auch diesem Kunden geholfen. Doch nun saß sie grüblerisch an ihrem Schreibtisch und starrte ihre Bürotür an, durch die vor wenigen Sekunden Harald Schneider ihr Büro verließ. Erneut hatte er sich über seine Kollegin Dana Petry beschwert. Seit Schneider vor einem halben Jahr in der Firma Fuß fasste, war er ständig Danas Feindseligkeiten ausgeliefert, die sie ihn verbal spüren ließ. Wobei sie nicht die Ausnahme bildete. Jeder machte sich über Schneider lustig, weil er überhaupt nicht in das Bild der Partyagentur passte. Allerdings hinter vorgehaltener Hand, während Dana es offen aussprach. In seinem Vorleben arbeitete Schneider für ein katholisches Pfarramt in Trier, und so benahm er sich in seiner ganzen Art, als wäre er der Papst persönlich. Stets in eine graue Strickjacke gehüllt, lief er in demütiger Haltung durch die Firma. Seine Stimme klang immer sehr pathetisch und andächtig und vermittelte Barmherzigkeit und Güte. Im Ganzen zeigte er sich bieder und verklemmt und achtete, stets mit ernster Miene, auf moralische Werte. Privates kam von ihm nicht zu Tage. Sein Vorleben behütete er mit der Strenge eines Schweigegelöbnis, und so konnte auch niemand begreifen, was ihn in eine Partyagentur verschlug.

Oft quälte sich Wingert mit Selbstvorwürfen, über ihre Entscheidung, Schneider eingestellt zu haben, und zweifelte ihren Verstand an, der wohl damals einem Aussetzer unterlag. Aber er war durchaus ein tüchtiger Mann mit organisatorischen Fähigkeiten, allerdings mit Außendienstarbeiten konnte sie ihn nicht betrauen. Denn das, was ihre Teams vor Ort auf den Veranstaltungen erledigen mussten, konnte sie Schneider mit seiner eigentümlichen Art nicht einsetzen. Zumal sie auch niemandem ihrer Angestellten zumuten wollte, mit ihm zusammenzuarbeiten. Ihre Teams waren gut aufeinander abgestimmt und eingespielt, obwohl es durchaus vorkam, dass die Teambildung schon mal wechselte. Verzichten wollte Wingert dennoch nicht auf Schneider. Er nahm den Teams eine Menge Hintergrundarbeiten ab. Seine Aufgaben bestanden darin, die Einladungen und Danksagungen zu entwickeln und zu versenden. Da er auch über Buchhalterische Fähigkeiten verfügte, wurde er auch für das Rechnungswesen eingesetzt. Nebenher vertrat er Frau Weber an ihren freien Tagen oder vertrat sie in ihrer Urlaubszeit an der Rezeption, die für den Telefondienst und die Personalbetreuung verantwortlich war, sowie für die Lohnabrechnungen, wobei sie auch für frischen Kaffee sorgen musste. Aufgaben, die Schneider perfekt beherrschte.

In Schneider hatte Dana ein Opfer gefunden, sich sprachlich an ihm zu auszutoben. Sie redete ihn nie mit dem Namen an. »Heiliger Bruder« oder »Chorknabe« waren neben vielen anderen Bezeichnungen ihre Anreden, die er kommentarlos hinnahm. Nur an ihre unsittlichen, körperlichen Attacken konnte sich Schneider nicht gewöhnen. Immer wenn Dana in sein Büro schritt, zog sie ihren Rock höher und postierte sich auf seinem Schreibtisch, wobei sie ihm ihre blanken Knie unter die Nase rieb. Schon mal hatte Schneider Kritik wegen dieser Angelegenheit angebracht, worauf Wingert ihre Angestellte zurechtwies. Allerdings hielt das nicht lange an. Sie konnte sich gar nicht erklären, warum Dana so massiv feindselig ihrem neuen Kollegen gegenüberstand. Im Grunde gehörte sie

4

zu den hilfsbereiten und kooperativen Menschen, die bei ihren Kollegen einen hohen Beliebtheitsgrad genoss. Oft grübelte Wingert über einen Masterplan nach, um Herr der Lage zu werden. An Danas Arbeiten gab es absolut nichts auszusetzen. Sie war ein Vollblutprofi im Organisieren und Ausrichten, wobei sich ihre Erfahrungen aus ihrem beruflichen Vorleben in einem Reisebüro sehr auszahlten. Oft betätigte sich Dana auch als Reiseleiterin auf Tagestouren oder arbeitete ganze Eventreisen aus, die bei den Kunden immer beliebter wurden. Darum genoss sie auch Sonderstatus. Als alleinerziehende Mutter einer Tochter von 12 Jahren arbeitete sie nur vormittags in der Firma, den Rest erledigte sie von Zuhause aus. Doch nun war sie einfach zu weit gegangen.

Eigentlich gab es für Wingert ganz andere Sorgen, als sich um die Auseinandersetzungen ihrer Angestellten zu kümmern. Ein großer Eventauftrag der Logistikfirma Schank aus Mainz lag auf dem Tisch. Eine Firma, die die Dienste von Wingert schon seit Jahren in Anspruch nahm. Ein Fall für Dana Petry und Uta Werner. Die Frauen waren aufeinander eingespielt und von Anfang an mit dem Auftrag Schank betraut und dort auch immer gern gesehen. Überhaupt erfreuten sich Uta und Dana bei der Kundschaft großer Beliebtheit, auch wenn sie schon mal unkonventionell arbeiteten und auf einigen Partys für Furore sorgten, was den Kunden allerdings mehr gefiel als Anstoß fand. Bei Wingert wiederum stießen diese Methoden auf Abneigung, weil sie auf Seriosität und Zurückhaltung großen Wert legte. Und da gab es auch noch etwas, worüber sie gerne mit Dana geredet hätte. Hier konnte sie nun mehrere Fliegen mit einer Klappe schlagen. Mit einem Seufzer betätigte Wingert einen Knopf ihrer Sprechanlage, die in ihrem Schreibtisch installiert war, und zitierte Dana zu sich.

Dana Petry gehörte zu den Frauen, die ihr Hobby zum Beruf machten. Sie genoss das Leben und war immer dort anzufinden, wo es was zu feiern gab. Dabei machte sie keine Unterschiede, ob es sich um eine Kinderparty handelte, um einen 100. Geburtstag oder eine Familienfeier. Sie liebte es unter Menschen zu sein und zu feiern, auch privat, ohne sich dabei sinnlos betrinken zu müssen. Als alleinerziehende Mutter einer

Tochter trug sie schließlich große Verantwortung. Für ihre 37 Jahre, die man ihr bei weitem nicht ansah, sah sie auch verdammt gut aus. Ihr Äußeres setzte sie gerne unterschiedlich ein. Mal trug sie ihre langen, brünetten Haare hochgesteckt als edle Dame, oder auch mal offen und mit Jeans betont, als die Lässige. Sie gehörte zu den offenherzigen Menschen, ohne Schnörkel und direkt, aber mit der dazugehörigen Diplomatie, wenn diese gefordert war und wenn sie es selber für angebracht hielt.

Dana sackte in sich zusammen, als die unterkühlte Stimme ihrer Chefin ertönte. Sie saß ihrer Kollegin Uta am Schreibtisch gegenüber, mit der sie sich einen Schreibtisch teilte. Da Dana ohnehin die halbe Zeit Zuhause arbeitete, beanspruchte sie keinen eigenen Tisch. Ihr Notebook und Handy waren ihr Büro, eine unschlagbare Kombination in ihren Fängen.

Vorahnungsvoll sah Uta ihre Kollegin an. Uta war eine junge Frau von Anfang 30. Ihr rundes Gesicht wurde von langen, blonden Haaren umrandet. So wirkte das Gesicht nicht wie ein Mond. Auf der Nase trug sie ein zartes Brillengestell.»Hast du etwas ausgefressen?«, fahndete sie. Normalerweise zitierte Wingert immer nur komplette Teams zu sich, es sei denn....?

Nachdenklich schürzte Dana ihren Mund und schaute ihre Kollegin an. Natürlich hatte sie, und möglicher Weise dieses Mal den Bogen mächtig überspannt. Sie verzichtete auf einen Kommentar. Sie atmete tief durch, schöpfte Kraft und stieß sich vom Tisch ab.»Besser, ich lasse sie nicht warten.«

Wenig später stand Dana in Wingerts Büro und ließ sich mit einer bedeutsamen Geste den Platz vor dem Schreibtisch anweisen. Ein bequemer Lehnstuhl auf Rollen.

Wingert saß kerzengerade wie eine vorbildliche Gouvernante hinter ihrem Schreibtisch, die Hände ordentlich darauf abgelegt. Trotz ihrer steifen Haltung bewunderte Dana ihre Chefin. Mit ihren Anfang 50 gehörte sie zu den gestandenen Frauen. Klug, gewissenhaft, offen, stark und sah dabei noch toll aus. Ihren schlanken Körper hüllte sie stets in einen seriös wirkenden dunklen Anzug oder Kostüm. Ihre langen Haare lagen nach innen gedreht auf ihren Schultern.

Wingert erhob ihren Kopf und sah auf Dana nieder. »Herr Schneider hat sich über Sie beschwert«, sagte sie kühl und emotionslos.

Dana spielte die Überraschte und zog fragend ihre Brauen hoch. »Ach ja? Und warum?«

Gereizt über ihr Getue beugte sich Wingert vor und sah ihre Angestellte mit zusammengekniffenen Augen an. »Sie haben Herrn Schneider unsittlich berührt«, entgegnete sie scharf.

Dana rutschte auf ihrem Stuhl hin und her. »Den Klosterjungen? Ach das stimmt doch nicht«, wies sie den Vorwurf von sich. Aber an Wingerts finsterer Miene konnte sie ablesen, dass sich ihre Chefin so leicht nicht hinters Licht führen ließ, sie kannte ihre Angestellten genau. »Na schön«, lenkte Dana ein, »mag sein, dass ich ihn heute Morgen gestreift habe, als ich an ihm vorbei bin.«

Wütend schlug Wingert die flache Hand auf den Schreibtisch. Es gab einen lauten Knall, der Dana zusammenfahren ließ. Sie biss die Zähne zusammen, dass sich ihre Wangenmuskeln anspannten. »Ich möchte, dass Sie in Zukunft Ihre Finger bei sich behalten«, zischte sie, »und Ihre verbalen Attacken möchte ich auch nicht mehr hören!«

Ein dicker Kloß setzte sich in Danas Kehle fest, den sie nur schwer schlucken konnte. »Aber jeder macht sich über ihn lustig«, verteidigte sie sich mit gedämpfter Stimme.

»Aber niemand sagt es ihm offen ins Gesicht außer Ihnen!«

»Ich sage nur, was ich denke.«

»Halten Sie sich zurück.« Wingert atmete tief durch. »Ich kann Ihre Mobbingattacken gegen Schneider nicht dulden. Sie würden sich das auch nicht wünschen.« Maßregelnd sah sie ihre Angestellte an, die leicht eingeschüchtert zusammengekauert vor ihrem Schreibtisch saß. »Ich kann mir Ihre Diskriminierungen gar nicht erklären – ich hatte Sie immer für sehr tolerant gehalten.«

Trotzig verzog Dana ihre Mundwinkel. »Ich fühle mich halt provoziert«, entschuldigte sie ihr Verhalten.

»Beherrschen Sie sich!«, wies Wingert sie an und legte einen nachdenklichen Blick auf, »ich möchte, dass Sie sich entschuldigen.«

Uneinsichtig blies Dana ihre Wangen auf. »Muss das sein?«

Verärgert über Danas Verhalten zog Wingert ihre Brauen hoch und schob ihr Kinn energisch vor. Was sie jetzt sagen würde, sprach sie nicht gerne aus, aber sie erhoffte sich, endlich Ruhe in diese Angelegenheit zu bringen. Sie setzte sich aufrecht, stellte ihre Arme auf und kreuzte ihre Finger. »Frau Petry«, fing sie ruhig an, »ich zähle Sie zu meiner besten Mitarbeiterin und ich lasse eine Menge durchgehen, aber hier haben Sie deutlich Ihre Kompetenzen überschritten.« Sie schaute Dana mit Nachdruck an. »Sie sind alleinerziehende Mutter einer zwölfjährigen Tochter, und wenn Ihnen an Ihrem Job etwas gelegen ist, dann werden Sie jetzt ohne Umwege zu Herrn Schneider gehen und…«

Entwaffnend erhob Dana ihre Hände. »Okay, ich habe verstanden.« Sofort erhob sie sich vom Stuhl und schob ihn schnell vor den Schreibtisch und bereitete sich auf einen schnellen Abgang vor.

»Ich bin noch nicht fertig«, fauchte Wingert ungeduldig durch ihre Zähne.

Dana krallte sich an der Rückenlehne des Stuhls fest. »Was habe ich denn noch verbrochen?«, war sie sich keiner weiteren Schuld bewusst.

»Wir haben wieder den Auftrag von der Firma Schank in Mainz erhalten.«

Verzückt legte Dana ihren Kopf schief, wobei ihr Herz freudig hüpfte. Sie liebte diesen Auftrag. Dieser Auftrag gehörte zu den größten Herausforderungen und bot die Möglichkeit, für ein paar Tage die Großstadtmetropole zu genießen, in einem guten Hotel zu wohnen und sich bedienen zu lassen. »Steht der Termin schon fest?«, holte sie sogleich Erkundigung ein.

Wingert nickte lahm und nachdenklich. Ein abtrünniger Gedanke setzte sich plötzlich in ihrem Kopf fest.

Erwartungsvoll schaute Dana ihre Chefin an und wartete auf die nötige Info. »Wenn Sie mir den Termin nennen würden, könnte ich mit Uta gleich loslegen.«

»Frau Werner ist raus aus der Sache«, sagte sie schließlich entschlossen.

»Ja aber, sie kennt sich doch mit allem aus, wir sind ein eingespieltes Team«, argumentierte Dana angespannt.

»Ich habe etwas anderes für Frau Werner vorgesehen.«

Mit hängendem Kopf fasste sich Dana an die Stirn. »Und mit wem werde ich…?«, hakte sie niedergedrückt und enttäuscht nach.

Mit geschürztem Mund schaute Wingert ihre geschlagene Angestellte an, der sie ansah, dass bei ihr die schlimmsten Befürchtungen im Kopf herum spukten.

»Sagen Sie jetzt nicht, dass Sie…?« Dana brach den Satz ab, traute sich gar nicht, ihn zu Ende zu sprechen.

»Auch kein schlechter Gedanke«, ließ sie bissig verlauten und war schon geneigt ihre Pläne zu überdenken.

Angestrengt hielt Dana die Luft an.

»Herr Schneider wird Sie begleiten«, eröffnete Wingert darauf ohne Umschweife.

»Oh nein«, brauste Dana auf, »jetzt gehen Sie aber zu weit.« Sie ging ein paar Schritte zurück und fasste sich erregt an den Kopf. »Ich fahr doch nicht mit dem Klosterjungen nach Mainz.«

Entspannt lehnte sich Wingert zurück. »Doch«, befahl sie gnadenlos und triumphierte über die Panik, die in Dana tobte.

Fassungslos stand Dana im Raum und erhoffte sich ein kleines bisschen Güte, doch Wingerts Miene zeigte kein Erbarmen. »Was versprechen Sie sich davon? Der Mann hat doch von Partys überhaupt keine Ahnung«, begründete sie ihre Bedenken.

»Herr Schneider hat durchaus organisatorische Fähigkeiten.«

»Er ist ein Muttersöhnchen, der lebt bei seinen Eltern. Er kann sich nicht einmal selber versorgen«, ließ sie geringschätzig verlauten.

»Seine Eltern wohnen bei ihm«, stellte Wingert richtig.

Dana rang nach Luft. »Wo ist denn da der Unterschied?«

»Den können Sie sich ja dann von Herrn Schneider erklären lassen.«

Erschöpft sackte Dana zusammen. »Kommen Sie«, winselte Dana um Gnade und schaute ihre Chefin eindringlich an, »der Kirchenknabe hat für die katholische Kirche gearbeitet, ich muss ja bei ihm bei Null anfangen.«

»Wo liegt das Problem? Sie haben acht Wochen Zeit.«

Ratlos breitete Dana ihre Arme aus und suchte nach neuen Argumenten, die ihre Chefin überzeugen konnten. »Unser ehrwürdiger Vater wird mehr mit Rosenkranzbeten beschäftigt sein als mit arbeiten. Wahrscheinlich schläft der mit der Bibel unterm Kissen ein.«

»Das könnte Ihnen auch nicht schaden.«

Entrückt legte Dana ihren Kopf schief. »Der kriegt mir einen Herzinfarkt, wenn die Party losgeht, der Mann ist doch nicht belastbar.«

»Solange Sie sich mit Ihren wilden Tanzeinlagen zurückhalten, dürfte er sich nicht in Gefahr befinden.«

Dana warf pikiert ihr Kinn in Falten. »Wilden Tanzeinlagen?«, forschte sie nach und überlegte angestrengt, ob ihre Chefin über irgendetwas informiert sein könnte.

»Muss ich Sie an den letzten Auftrag erinnern?«

Grüblerisch zog Dana ihre Brauen zusammen. Der letzte Auftrag lag zwei Wochen zurück, eine kleine Westernparty. Sie hatte mit Uta eine Line-Dance-Einlage zum Besten gegeben. »Wir haben Line-Dance vorgeführt«, verharmloste sie.

»So«, sagte Wingert ruhig mit einem Schuss Ironie in der Stimme, »mit gelupftem Rock und barfuß auf der Theke?«

Dana schluckte. »Wer behauptet denn so was?«, hakte sie eingeschüchtert nach.

Wingert zog eine Schublade auf und warf ein Foto auf den Tisch. Mit geweiteten Augen betrachtete Dana ihre Sünden. Sie und Kollegin Uta standen auf der Theke und rockten ab. Die Röcke hochgerafft bis an die Oberschenkel.

»Sie können das Foto behalten«, sagte Wingert großzügig mit verächtlichem Ton in der Stimme, »ich habe noch mehr davon auf meinem Rechner.«

»Hat sich jemand beschwert?«, forschte Dana vorsichtig nach und zog langsam das Foto vom Tisch. In dem Moment fühlte sie sich als Opfer der digitalen Technik. Wie sie es hasste, dass es mittlerweile jedem möglich war, mit seinem Handy Fotos zu schießen und diese auch noch hemmungslos über den Server zu verteilen.

»Natürlich nicht«, entgegnete Wingert borstig auf ihre überflüssige Frage.

Erleichtert fiel Dana ein Stein vom Herzen, obwohl sie wusste, dass Wingert solche Parteyeinlagen nicht mochte.

»Und trotzdem«, maßregelte Wingert ihre Angestellte, »ich möchte, dass Sie sich in Zukunft an unseren Leitfaden halten.« Sie erhob erwartungsvoll ihren Kopf, wartete ungeduldig dass Dana die Leitsätze der Firma aufsagte.

»Gut und günstig?«, antwortete Dana kleinlaut und löste Wut bei ihrer Chefin aus. Zornig schlug Wingert mit der Faust auf den Tisch und sprang auf. Dana scheute schnell zurück und hielt sich schützend ihre Hände vor den Körper, als vermutete sie, Wingert konnte jeden Moment wie eine wilde Raubkatze über den Tisch gesprungen kommen und sie zerfleischen.

»Seriös und diskret!«, schrie sie und zeigte mit langem Arm auf die Tür, »und jetzt gehen Sie zu Herrn Schneider und reden mit ihm über den Auftrag!«

Geschockt starrte Dana Wingert an. »Weiß unser Messdiener schon davon?«, stammelte sie eingeschüchtert.

»Nein«, gab sie klar zu verstehen, »ich dachte, wenn Sie sich bei ihm ohnehin entschuldigen, können Sie das gleich mit abklären. Und«, betonte sie mit erhobener Stimme, »es wäre gut, wenn Sie sich dabei nicht halbnackt auf seinem Schreibtisch räkeln.«

»Okay«, lenkte Dana ein, »ich werde mit unserem Ordensbruder gesittet umgehen«, spöttelte sie zynisch mit hasserfüllten Augen.

Wingert holte tief Luft. »Der Mann heißt Schneider!«, schrie sie in aller Heftigkeit und buchstabierte ihr den Namen laut und deutlich, »und jetzt gehen Sie!«, befahl sie mit ausgestrecktem Arm.

Erst in diesem Moment wurde Dana vollends bewusst, wie ernst es um sie stand. Mit geducktem Haupt legte sie den Rückwärtsgang ein. Sie hatte verloren, und das mit der Erkenntnis, selber an ihrem Unglück schuld zu sein.

Sekunden später schritt Dana den Gang herunter an ihrem Büro vorbei und steuerte wie befohlen auf Schneiders Tür zu. Dabei passierte sie die Theke der Anmeldung, wo Kollegin Weber saß und ihr einen verschmitzten Blick zuwarf, als ahnte sie, was Dana bevorstand, und ihr signalisierte:»Geschieht dir recht«. Dann stand sie vor Schneiders Tür und klopfte. Ein kurzes»Herein« ertönte und Dana zögerte keine Sekunde einzutreten. Sie wollte die Sache so schnell wie nur möglich hinter sich bringen, auch wenn noch ein langer Rattenschwanz folgte. Mit verschränkten Armen stellte sie sich in die offene Tür, verzichtete dabei auf ihre anstößigen Gewohnheiten.

Zusammengefahren tauchte Schneider hinter seinem Monitor ab. Nur aus den Augenwinkeln heraus bemerkte er den grimmigen Blick seiner Kollegin, die am Türrahmen stehen blieb. Im Stillen betete er, dass sie sich schnell in Wohlgefallen auflöste und ihm nicht wie gewohnt ihre Knie unter die Nase hielt.

»Herr Schneider«, hörte er plötzlich ihre grimmige Stimme,»Sie haben sich beschwert.«

Ein kurzes Nicken gab er zur Antwort und blinzelte verstört über seinen Monitor.»Sie kennen meinen Namen?«, bemerkte er erstaunt und zeigte sich kurzfristig und ungewöhnlich von der spontanen Seite.

»Ich kann ihn sogar schreiben«, presste sie wütend hervor,»Wingert hat ihn mir eben buchstabiert.«

Verängstig tauchte Schneider wieder ab und rieb sich den Nacken.»Und was wollen Sie jetzt von mir?«

»Ich möchte mich entschuldigen«, sagte sie kühl und schob ihr Kinn vor,»es tut mir leid.«

Verwirrt riss Schneider seine Augen auf, die tief schwarz glänzten, und starrte seine Kollegin knapp über seinen Monitor an, deren Blicken er sonst immer auswich.

Was für eine Verschwendung an männlichem Material, durchfuhr Dana ein Gedanke. Das Muttersöhnchen erfüllte äußerlich alle Kriterien, die eine Frau glücklich machen konnten, und sollte eigentlich mit seinen 38 Jahren vor Erfahrung strotzen. Er war zwar kein Riese, sah aber gut aus. Markantes Gesicht, schwarze kurze Haare, leicht gewellt und zurückgekämmt, aber leider menschlich und männlich ein totaler Versager. Bieder, verklemmt und zugeknöpft. Er trug immer eine graue Strickjacke, selbst bei 30 Grad im Schatten, als habe er einen körperlichen Makel zu verbergen. Dabei glaubte Dana, dass er seinen Körper nicht verbergen musste. Der Festigkeit seines Hinterteils nach steckte ein durchtrainierter Body in dem zugeknöpften Outfit.

»Was ist?«, stellte Dana missgelaunt eine Frage, »nehmen Sie die Entschuldigung an?«

Schneider nickte. »Ja«, antwortete er knapp und versuchte, sich wieder auf seine Arbeit zu konzentrieren, und hoffte, dass seine Kollegin endlich verschwand und sie ihm endlich den erhofften Respekt entgegen brachte.

»Gut«, hörte er sie antworten, »das ist auch vernünftig so«, befand sie. Dann nahm er aus seinen Augenwinkeln wahr, wie sie langsam an seinen Schreibtisch trat. Mit panikerfüllten Augen schlugen seine Finger in kurzen Intervallen auf den Unterlagen herum und warteten auf eine Bosheit von seiner Kollegin, die aber plötzlich vor seinem Schreibtisch stehen blieb und sich irgendwie anders verhielt als sonst. »Wir zwei müssen nämlich einen Auftrag ausführen«, führte sie ihre Erklärung fort und lächelte hinterhältig auf ihn nieder.

Schneiders Körper fing an zu beben. »Wir sollen was?«

»Zusammen arbeiten. Im Projekt Schank in Mainz.«

Schneiders Augen, die auf den Monitor gerichtet blieben, weiteten sich. »Mainz? Das heißt, wir müssen zusammen auch da hin?« Nur mit Widerwillen schaute er kurz zu seiner Kollegin auf und nahm mit Bestürzung ihr Nicken auf. »Das kann ich nicht«, lehnte er zusammengesackt ab und schlug nervös seine Fingerkuppen aneinander, »ich werde mit Frau Wingert reden.«

Dana genoss die Angst, die sich bei Schneider ausbreitete und ihn regelrecht durchschüttelte. Schmunzelnd legte sie den Rückwärtsgang ein. »Dann versuchen Sie mal Ihr Glück.«

Uta zeigte sich wenig erfreut, als Dana ihr das Foto von ihrer Partyeinlage auftischte. Zischend zog sie Luft ein und blickte auf das Foto nieder. »Hat sich jemand beschwert?«, war gleich ihre erste Frage.

»Nein, eher im Gegenteil«, antwortete Dana und nahm Erleichterung in Utas Gesicht wahr, »aber trotzdem«, wiederholte Dana überschwänglich die Worte ihrer Chefin und parodierte sie weiter nach, »ich möchte, dass Sie sich an den Leitfaden der Firma halten.« Sie gestikulierte übertrieben mit den Händen und nahm gar nicht wahr, dass Uta in Deckung ging. »Seriös und diskret!«, rief sie theatralisch durch den Raum.

»Ich bin doch überrascht, wie gut Ihr Gedächtnis funktioniert«, hörte sie plötzlich Wingerts Stimme im Nacken.

Dana erstarrte. Nur zögerlich drehte sie sich nach ihrer Chefin um, die ihr einen zusammengefalteten Zettel vor die Augen hielt, den sie ihr am liebsten in ihren vorlauten Rachen gestopft hätte.

»Hier«, entgegnete sie kühl, »Ihr Auftrag.«

Kleinmütig über ihre eigene Unverfrorenheit nahm Dana das Schreiben entgegen. »Unser Sensibelchen hat aber Bedenken«, teilte Dana gedämpft mit.

Sensibelchen überhörte Wingert großzügig. »Es bleibt dabei«, gab sie zu verstehen und drehte sich postwendend um und verschwand.

Erschöpft sackte Dana zusammen und schaute ihrer Chefin hinterher.

»Auftrag? Sensibelchen?«, erkundigte sich Uta verwirrt.

In knappen Sätzen erläuterte Dana, was Wingy, so nannte sie ihre Chefin gerne, wenn sie sich nicht in der Nähe aufhielt, von ihr abverlangte.

Unschlüssig, ob Uta lachen sollte, oder Mitleid aufbringen für ihre Kollegin, erstarrte sie kurz und entschied sich dann für ein geschocktes Lachen. »Fährt Schneider etwa mit nach Mainz?«, war sie sichtlich enttäuscht, dass ausgerechnet der Messdiener ihren Platz einnehmen sollte.

Dana nickte.

»Ich nehme an, du hast ihn nicht in das eingeweiht, was da vorgeht.«

Entrüstet grunzte Dana. »Natürlich nicht – dann kann ich ja gleich bei Wingy eine Beichte ablegen.« Wenn sie sich offenbarte, würde ihre List auffliegen, die sie jedes Jahr anwandte, um einen gewissen Showakt auf der Veranstaltung durchziehen zu können.

Uta legte eine bedenkliche Miene auf. »Schneider bekommt einen Herzinfarkt und Wingert wird alles erfahren und uns den Kopf abreisen, wahrscheinlich lässt sie künftig den Auftrag sogar platzen.«

»Allerdings«, murmelte Dana nachdenklich, »umso wichtiger, dass ich Schneider aus den Weg kriege.« Aber wie, stellte sich die Frage.

Plötzlich, wie aus einer schlechten Vorahnung heraus, senkten sich Danas und Utas Blicke und ruhten grüblerisch auf dem Foto. Eigentlich war es nur noch eine Frage der Zeit, wann die Beiden aufflogen und erneut der digitalen Technik zum Opfer fielen. Nur gut, dass sie zum Selbstschutz ein gutes Alibi vorweisen konnten.

In gewohnter Manier betrat Schneider am nächsten Morgen die Firma. Wie immer schloss er bedächtig die Tür hinter sich und stieß einen verhaltenen Räusper aus. Frau Weber, die an der Anmeldung saß, grüßte ihn freundlich, was er zurückhaltend erwiderte, wobei er seine Strickjacke zuzog und seinen kleinen braunen Koffer, den er immer bei sich trug, an seinen Bauch presste. Dann passierte er mit abgewandtem Blick die Anmeldung. Weber beäugte ihn dabei immer mit einem Schmunzeln im Gesicht, was sie dann zu einem Grinsen verwandelte, was bei Schneider ein beklemmendes Gefühl entfachte. Er spürte regelrecht ihre Blicke auf seiner Haut, die ihn zu durchlöchern drohten. Neben Dana war sie die zweitunangenehmste Frau in der Firma. Schnell durchschritt er den Gang, wo ihm Kollege und Sonnyboy Ulrich Weimer entgegen kam und er ein Ausweichmanöver durchziehen musste, bevor er in sein Büro fliehen konnte.

Dabei war Weber die Seele der Firma, allerdings eine gestandene Frau von gut zwei Zentnern. Trotz ihres Gewichtes sehr gepflegt und ansehnlich gekleidet. Ihre blonden Haare trug sie zu einem Bubikopf geschnitten und ihren gewaltigen Körper verstand sie geschickt zu umhüllen, und wenn sie laut lachte, war der satte Klang ihrer Stimme in allen Büros zu hören und steckte die Mitarbeiter an.

Behutsam schloss Schneider seine Bürotür und legte gleich rechts neben der Tür seinen kleinen Koffer auf dem Aktenschränkchen ab. Dann drückte er seinen Rücken durch, um sich für den langen Tag am Schreibtisch fit zu machen. Zum Schluss breitete er seine Arme aus und streckte sie so weit, wie er konnte nach hinten, dann wandte er sich um und fuhr furchtsam zusammen mit einem kurzen lauten Aufschrei.

»Guten Morgen«, grüßte Dana, die vor seinem Schreibtisch saß und ihr Notebook aufgebaut hatte und schon auf ihn wartete, »fit?«

Schneiders Herz raste. »Was machen Sie hier?«, keuchte er ängstlich.

»Wir haben einen Auftrag, schon vergessen?«, rief ihm Dana unbeeindruckt in Erinnerung.

»Ich sagte doch, ich rede mit Frau….«

»Und?«, unterbrach sie ihn erwartungsvoll, »waren Sie erfolgreich?«

»Nein«, antwortete er stockend, »Frau Wingert war gestern Nachmittag nicht im Haus.«

»Aber ich habe es schon versucht«, eröffnete ihm Dana, »leider ohne Erfolg, vielleicht haben Sie ja mehr Glück«, hielt sie ihm diese Möglichkeit offen, »aber bis dahin müssen wir unsere Ausarbeitungen fortführen. Machen Sie sich vorsichtshalber mit dem Gedanken vertraut, dass wir in acht Wochen nach Mainz fahren«, schob sie hinterher und fühlte regelrecht, wie Schneider mit seiner moralischen Einstellung kämpfte, die sie noch ein wenig hoffen ließ.

»Na schön«, fügte sich Schneider in sein Schicksal, aber aufgeben würde er auf gar keinen Fall, um Wingert umzustimmen.

Mit einem arglistigen Schmunzeln wandte sich Dana ihrem Notebook zu, wo sie alle nötigen Daten abgespeichert hatte, die sie für den Auftrag benötigte. Darunter jede Menge Fotos von den Örtlichkeiten, sowie eine Organisationsliste und Aufstellungen von Firmen, wo sie alle nötigen Materialien erhielt, um eine Lagerhalle in einen Festsaal umzuwandeln.

Zögerlich trat Schneider an seinen Schreibtisch, seine Brauen schoben sich misstrauisch zusammen. »Müssen wir vorher auch schon nach Mainz, um die Örtlichkeiten zu besichtigen?«, erkundigte er sich angsterfüllt.

»Nein«, antwortete Dana geistesabwesend, »ich ziehe die Veranstaltung schon seit vier Jahren durch, ich habe mit der Firma Schank schon telefoniert, es bleibt alles beim Alten. Routine also.« Sie drehte das

Notebook in seine Richtung und blickte zu ihrem Kollegen auf, der gleich zurückscheute und am liebsten weggelaufen wäre. Aber er entschied anders. Mit zwei großen Schritten steuerte er auf die Tür zu und öffnete sie.

»Es macht Ihnen doch sicher nichts aus, wenn ich die Tür offen halte.«

Dana grinste ihn über ihre Schulter an. »Angst, ich könnte Sie vernaschen?«, züngelte sie bissig.

Schneider ersparte sich jeden Kommentar und hüstelte stattdessen verlegen, dann näherte er sich dem Notebook und schaute sich die Fotos an, die Dana gezielt ausgewählt hatte, um ihm einen Überblick zu verschaffen. Während Schneider konzentriert die Fotos betrachtete, führte Dana ihre Erklärungen fort und deutete bei den Fotos auf wichtige Details. In dem Moment war sie fest auf ihre Aufgabe konzentriert und da gab es keinen Platz für Sticheleien oder Gemeinheiten. Schließlich drehte sie sich nach ihrem neuen Partner um und schaute zu ihm auf, der ruckartig vor ihren Blicken zurückscheute.

»Möchten Sie sich um den technischen Bereich kümmern oder lieber um das Catering?«, stellte sie ihm eine Frage.

Ratlos schob Schneider seine Schultern hoch. »Ehrlich gestanden, habe ich weder von dem einen noch von dem anderen Ahnung. Ich weiß gar nicht, wo ich anfangen soll.« Seine Miene verdüsterte sich sorgenvoll. Er kam sich eher vor wie eine Last als eine Unterstützung.

Um das Defizit bei Schneider war sich Dana vollends bewusst, darum hatte sie schon Vorsorge getroffen. Schnell wandte sie sich wieder ihrem Notebook zu und zeigte auf einen Ordner im Desktop. »In dem Planer finden Sie meine Listen die ich in den letzten Jahren zusammengestellt habe, dort finden Sie alle Adressen von Firmen, die für unseren Auftrag wichtig sind. Wäre gut wenn Sie sich den auf ihren Rechner ziehen, dann können Sie sich damit vertraut machen.« Sie überlegte kurz, dann führte sie ihre Erläuterungen fort: »Im Laufe der Woche bekomme ich die Gästeliste zugemailt, wir müssen die Einladungen fertig machen – Wäre mir lieb, wenn Sie sich um den Entwurf kümmern und um den Versand.« Sie sinnierte kurz. »Sie sollten sich an die alte Vorlage halten«, riet sie ihm.

Schneider nickte verblüfft. Wenn es um einen Auftrag ging, zeigte sich seine Kollegin von einer ganz anderen Seite. Als hilfsbereiter und zuvorkommender Mensch. Plötzlich schwang sich Dana aus dem Sessel und schritt zur Tür.

»Wo wollen Sie hin?«, fragte Schneider perplex nach.

Keck schaute Dana ihren Kollegen über ihre Schulter an. »Haben Sie Sehnsucht nach mir?«, spöttelte sie.

Schneider zog seinen Kopf ein. »Nein.« Er deutete fragend auf seinen Schreibtisch, wo Danas Notebook aufgeklafft stand.

»In der Zeit, wo Sie sich mit meinem Ordner beschäftigen, gehe ich einen Kaffee trinken«, erklärte sie.

Erregt deutete Schneider auf seinen Schreibtisch. »Sie wollen mich alleine an Ihren Rechner lassen?«, war er erstaunt, »das ist doch etwas sehr Persönliches.«

Heimtückisch legte Dana ihren Kopf schief und konnte mit einer gemeinen Gegenfrage nicht zurückhalten. »Haben Sie Angst, auf Pornos zu stoßen?«

Schneider erstarrte vor Scham. »Gott bewahre«, stieß er angsterfüllt aus.

Angestachelt legte Dana eine erneute Bosheit nach. »Wenn Sie sich an den besagten Ordner halten, sind Sie dieser Gefahr nicht ausgesetzt.« Schnell drehte sie ab und verließ das Büro.

Nur widerwillig drehte Schneider seinen Kopf in Richtung Notebook. Er brauchte eine Weile die nötige Courage aufzubringen, um seinen USB-Stick zu fassen, der immer griffbereit für Datentransfers bereitlag, und ihn in eine Schnittstelle zu stecken. Wieder dauerte es eine Weile, bis er dem Transfer zustimmte, wobei er beim Mausklick vorsichtshalber die Augen zusammenkniff und den Kopf wegdrehte, von der Angst erfüllt, die Pornoseiten konnten sich von alleine öffnen.

»Hat's geklappt?«, schreckte ihn plötzlich eine Stimme auf, die ihn hochfahren ließ.

Kurzatmig fasste sich Schneider ans Herz. Kollegin Dana stand grinsend in der Tür. Sie fand es besonders komisch, wenn sie ihn aus der Fassung bringen konnte, während er nach Luft rang. Er nickte kurz, dann zog er den Stick ab und suchte Schutz hinter seinem Schreibtisch.

Amüsiert schloss Dana ihr Notebook, klemmte es unter ihrem Arm und trat den Rückzug an. »Ich melde mich die Tage«, sagte sie im Weggehen und rannte beinahe vor der Tür Wingert um, die sie aber geschickt umrundete, wobei sie nicht mehr die Zeit fand die Tür zu schließen.

»Alles in Ordnung?«, erkundigte sich Wingert und warf einen kurzen prüfenden Blick in Schneiders Büro, der in geduckter Haltung vor seinem Schreibtisch saß und bekümmert seinen Monitor anpeilte.

Dana drehte sich im Gehen um. »Ich schwöre«, rief sie ihrer Chefin zu und erhob beteuernd ihre Hand, »ich habe ihn nicht begrabscht und lag auch nicht auf dem Schreibtisch!«

»Frau Wingert!«, rief Schneider plötzlich aus seinem Büro, als er sie im Gang stehen sah.

Hastig drehte sich Wingert nach ihm um, der schnell um seinen Schreibtisch hervorgekommen war und vor ihr stand.

»Ich muss mit Ihnen reden«, sagte er völlig aufgelöst, was schon schlimme Ahnungen in Wingert hervorrief.

Besänftigend legte sie ihre Hand auf seinen Arm und führte ihn in sein Büro, um sich diskret seinem Anliegen zu widmen. »Um was geht es denn?«, fragte sie überflüssigerweise. Sie wusste nur zu gut, was ihm auf der Seele brannte.

Schneider renkte seinen Hals ein. »Ich kann mit Frau Petry unmöglich den Auftrag ausführen«, kam er schnell auf den Punkt.

»Ist Frau Petry Ihnen eben zu nahe gekommen?«

Schneider grübelte.

»Oder hat sie irgendetwas anzügliches zu Ihnen gesagt?«, bohrte sie weiter.

Eine Weile blieben Schneiders Blicke an seinem Monitor hängen. Er überlegte, ob er die Sache mit den Pornos erwähnen sollte. »Nein«, sagte er schließlich.

»Gut«, war Wingert erleichtert und zufrieden, »ich hatte mit Frau Petry eine Unterredung und Sie können vor ihr sicher sein.«

»Jaa aber trotzdem«, stotterte Schneider unglücklich über seine missliche Situation, die ihm bevorstand, »wir fahren zusammen nach Mainz, wie sieht das aus, wenn wir gemeinsam im Hotel einchecken? Ich kann das moralisch nicht verantworten.«

»Herr Schneider«, nannte sie gewichtig seinen Namen und stand kurz davor ihre Geduld zu verlieren, »ich kann darauf keine Rücksicht nehmen, alle anderen akzeptieren das auch.«

»Haben Sie nicht einen anderen Partner für mich?«, flehte er eindringlich und führte betend seine Hände zusammen.

Wingert setzte sich knapp auf die Schreibtischkante und verschränkte ihre Arme. Sie konnte seinen Einspruch gut verstehen, aber wenn er das überstand, würden alle mehr Respekt vor ihm zeigen. »Ich habe Sie lange genug verschont«, machte sie ihm klar, »jetzt wird es Zeit, dass Sie an die Front kommen, und bei Frau Petry sind Sie am besten aufgehoben. Jeder Ihrer Kollegen würde mir die Füße küssen, um mit ihr arbeiten zu dürfen.«

Wehleidig verzog Schneider seine Mundwinkel. Er gehörte nicht zu den Berufsgenossen.

Wingert stieß sich vom Tisch ab und klopfte Schneider auf die Schulter. »Sie sind doch Mann genug, sich durchzusetzen«, sagte sie aufmunternd, und bevor ihr Angestellter weitere Einwände vorbrachte, verließ sie schnellen Schrittes das Büro. Zurück blieb ein gebrochener Mann mit hängenden Schultern.

Dem Schicksal unterworfen saß Schneider am anderen Morgen fügsam vor seinem Rechner und studierte Danas Listen. Plötzlich klopfte es kurz an der Tür und unmittelbar danach stand ohne Aufforderung Dana vor seinem Schreibtisch.

»Morgen«, grüßte sie knapp und reichte ihm, ohne Anzüglichkeiten, einen USB-Stick über den Tisch, »ich habe von Schank schon die Gästeliste erhalten.« Sie schaute ihn mit Nachdruck an, als er sich nicht rührte. »Nehmen Sie schon. Der Inhalt ist garantiert sittlich einwandfrei.«

Wie immer mied er sie anzuschauen und fixierte schüchtern und verlegen ihre Hand und griff nur zögerlich und schweigsam nach dem elektronischen Kleingerät. Sofort erkundigte sich Dana, ob er sich schon für einen Aufgabenbereich entschieden hatte und erhielt eine ungewohnte, spontane Antwort, wenn auch nur knapp.

»Catering.«

»Haben Sie schon mit Frau Wingert geredet?«, forschte sie neugierig nach, um herauszufinden, ob er einen erneuten Versuch gestartet hatte, ihre Chefin umzustimmen.

»Ja«, antwortete er, was bei Dana die Anspannung ins Gesicht trieb, »sie lässt sich nicht erweichen.«

»Gut«, antwortete Dana äußerlich gefasst und versuchte ihre Stimme ruhig klingen zu lassen, »haben Sie noch Fragen?«

»Nein, ich habe Ihre Listen studiert, wenn ich nicht weiterkomme, melde ich mich... schließlich habe ich eine Menge Pfarrfeste organisiert. Ein wenig kenne ich mich schon aus.«

»Pfarrfeste«, murmelte Dana abfällig, kaum hörbar für ihn und beobachtete, wie ihr Kollege eine Schublade an seinem Schreibtisch aufzog und eine Mappe auslegte. Andächtig sah er auf seine Unterlagen nieder.

»Ich habe schon ein paar Entwürfe für die Einladung fertig«, teilte er bedächtig mit und hielt seine Blicke auf die Mappe gerichtet.

Interessiert kam Dana schnell um den Schreibtisch herum und schob ganz bewusst ein paar Unterlagen auf der Schreibtischkante zur Seite. Entsetzt brach in Schneider schlagartig die Panik aus. Mit weit aufgerissenen Augen starrte er die frei geräumte Stelle auf seinem Schreibtisch an und hüstelte heftig dabei, um sie zu ermahnen.

Dana scheute zurück. Hielt kurz inne, als müsste sie sich selber warnen.

»Sorry«, entschuldigte sie sich heuchlerisch, »Macht der Gewohnheit.« Schnell zog sie, mit einem inneren Grinsen, einen Stuhl heran und setzte sich neben den Schreibtisch und nahm die Mappe mit den Entwürfen in die Hand. Gekonnt rutschte sie auf dem Stuhl herum, so dass sich ihr Rock zwangsläufig nach oben schob. Ganz langsam und aufreizend rieb sie ihre Beine aneinander und kreuzte sie schließlich. Unschuldsheuchelnd blätterte sie unterdessen die Mappe durch.

Bei Schneider brachen die üblichen Schweißausbrüche aus. Mit hängenden Schultern saß er vor seinem Schreibtisch und hoffte, dass

Dana schnell eine Entscheidung fällte und wieder verschwand. Plötzlich kam ein begeisterndes Pfeifen über Danas Lippen.

»Nicht schlecht«, lobte sie und legte die Mappe ordentlich auf den Tisch zurück.

Ohne seine Kollegin anzuschauen, zog Schneider die Mappe zu sich. »Welchen Entwurf soll ich nehmen?«, legte er verunsichert eine Frage nach und musste dabei hart schlucken.

Amüsiert verzog Dana ihre Lippen zu einem Grinsen. »Was Sie möchten«, legte sie die Entscheidung in seine Hände.

Vorsichtig wagte Schneider einen Blick zur Seite. Dana hatte sich entspannt zurückgelehnt und machte keinerlei Anstalten zu gehen. Er nutzte die Gelegenheit eine weitere Frage zu stellen, wenn ihm auch nicht ganz wohl dabei war. »Eins verstehe ich nicht«, warf er ein, »auf der alten Einladung steht etwas von einem Überraschungsshowakt.« Er erhob ratlos seine Schultern. »Soll da keine nähere Erklärung bei?«

»Nein«, antwortete Dana gelassen, »der Showakt liegt nicht in unseren Händen. Herr Schank kümmert sich selber darum, er besteht darauf – es soll immer eine tiefst geheime Überraschung werden«, tischte sie ihm auf. Das war natürlich nur die halbe Wahrheit. Dana wusste sehr genau, was da gespielt wurde. Seit sie diese Veranstaltung organisierte, stand eine ganz spezielle Showtanzgruppe im Programm, jener Art, die Wingert niemals in ihrem Katalog anbieten würde und lieber auf den Auftrag verzichtete. Da Herr Schank aber ganz großen Wert auf diesen Showakt legte, handelte sie mit ihm eine interne Vereinbarung aus und umging somit die konservative Geschäftsführung ihrer Chefin und konnte so das Megaevent durchziehen, welches den größten Anteil am Jahresumsatz einbrachte.

Nachdenklich führte Dana ihre Hände zusammen und kreuzte ihre Finger und bildete damit eine Brücke von Lehne zu Lehne. Sie befand, dass jetzt, wo er an der Grenze seiner moralischen Selbstachtung lag, noch einen drauf setzten sollte, um ihn gänzlich aus der Bahn zu werfen, ohne ihm einen Grund zu liefern, bei Wingert wieder eine Beschwerde über sie vorbringen zu können.

Um sich von Danas Antlitz abzulenken, blätterte Schneider seine Mappe mit den Entwürfen durch. »Ist noch was?«, fragte er wachsam.

»Ja«, nickte Dana lahm, »ich habe schon die Buchungsbestätigung von unserem Hotel«, informierte sie ihn. Wie immer war es ihr gelungen im Mainzer Hof unterzukommen in ihrer gewohnten Suite. Für Schneider orderte sie das Zimmer gleich daneben. Eine praktische Möglichkeit für eine gute Zusammenarbeit, da diese Zimmer eine Zwischentür besaßen. Aber das war natürlich nur ein kleiner Vorteil von vielen. Das Hotel besaß unter anderem ein eigenes Hallenbad, eine Sauna und Massageraum. Dana liebte diese Wellnessoase und kostete sie immer vollends aus.

Mit jedem Wort, das Dana schwärmerisch vortrug und die Vorzüge des Hotels anpries, lösten bei Schneider immer größere Panikattacken aus. Sein Hemd triefte schon schweißnass und seine Hände zitterten. Der Gedanke, dass die Zimmer durch eine Zwischentür verbunden waren, löste absolute Bestürzung aus. Stotternd versuchte er einen Satz zustande zu bekommen. »Ist ein Hotel überhaupt notwendig?«, legte er mit bebender Stimme als Einwand ein, »ich meine, bis Mainz sind es gerade mal 100 Kilometer, das ist doch keine Entfernung.«

Mit dem triumphalen Gefühl, Schneider tiefer in die Verzweiflung gerissen zu haben, legte Dana hoffnungsbeladen ihren Kopf schief. Den Zahn, mit dem Auto zu pendeln, würde sie ihm jetzt ziehen und wahrscheinlich in die Flucht schlagen, so dass er lieber seine Kündigung vorzog, wenn sich Wingert nicht erweichen ließ. »120«, verbesserte sie, wobei Schneider schon Veto einlegen wollte, was sie gleich unterband, »jetzt passen Sie mal auf, Sie Schlaumeier«, legte sie respektlos nach und setzte sich gerade auf, »auf uns warten einige Überstunden und da bin ich nicht bereit, zweimal zweieinhalb Stunden auf der Autobahn zu verbringen.«

»Sie haben doch eine kleine Tochter, möchten Sie denn da abends nicht Zuhause sein?«, versuchte er sie an ihre Mutterrolle zu erinnern. Ein kläglicher Versuch.

»Meine Tochter wird im Bett liegen, wenn ich heimkomme und sie wird noch schlafen, wenn ich das Haus morgens verlasse. Sie wird es nicht merken«, erklärte sie ihm schroff.

»Mir ist nicht ganz wohl bei dem Gedanke. Es ist anstößig... zwei fremde Menschen...« Er geriet ins Stocken. »So Tür an Tür. Was werden die Leute denken?«

»Ist doch egal, was die Leute denken. Schließlich organisieren wir ja keinen Papstbesuch.«

Widerstrebend sackte Schneider noch mehr zusammen und verzog schmerzverzerrt sein Gesicht. »Ich kann das nicht«, klagte er leidvoll.

»Nu bleiben Sie mal locker, Bruder Tuck«, sagte sie salopp, in ihrem gewohnten Umgangston, »Sie sollten sich endlich von Ihrer Mönchskutte lösen – wir organisieren Partys und keine Pfarrfeste. Wenn Sie damit nicht klar kommen, sollten Sie sich wieder hinter Ihren Klostermauern verschanzen.« Sie musste sich selber ermahnen und holte kurz tief Luft, um nicht gänzlich den Respekt vor ihm zu verlieren, dann fuhr sie fort. »Ich werde die Reservierung nicht ändern – aber vielleicht interessiert es Sie, dass das Hotel in der Nähe vom Dom liegt?«

»Dom?«, stieß Schneider freudig überrascht aus.

»Ja, Sie werden aber auf den sonntäglichen Kirchgang verzichten müssen, dafür bleibt keine Zeit.« Sie erhob sich und sah auf den kümmerlichen Haufen, was sich rein anatomisch gesehen Mann nennen durfte, nieder und konnte sich einen despektierlichen Nachsatz nicht verkneifen. »Ich hoffe, dass Sie dadurch nicht Ihren Ehrenplatz neben dem lieben Gott einbüßen.«

Mit schnellen Schritten verließ Dana sein Büro. Noch eine Minute länger und sie wäre erst richtig ausfallend geworden und hätte Schneider genügend Grund geliefert, sich erneut beklagen zu können. Doch so marschierte sie mit einem erhabenen Gefühl in ihr Büro und ließ sich schmunzelnd auf ihren Stuhl fallen und drehte ihn ihrer Kollegen zu, die sie über ihr Brillengestell anblinzelte.

»Was ist so lustig? Ich denke du warst bei unserem Heiligen Vater.«

Dana schob sich an den Schreibtisch heran. »Unser Muttersöhnchen ist fast in Tränen ausgebrochen, als ich ihm von der Zimmerreservierung erzählt habe.«

»Was hast du gebucht? Ein Doppelzimmer?«

»Ach was«, winkte Dana ab, »unsere gewohnte Suite. Du glaubst ja gar nicht, wie verwerflich er das findet.«

Uta lachte. »Wahrscheinlich fürchtet er, du willst in sein Zimmer schleichen und ihn entjungfern.«

»Du liebe Zeit«, frotzelte Dana, »glaubst du, dass diese harte Nuss zu knacken ist? Der ist doch sicher gepanzert und mit einem heiligen Schutzschild versehen. Und überhaupt«, schob sie angewidert und mit gerümpfter Nase nach, »wer will das schon?«

»Wer weiß«, sagte Uta mit verklärtem Blick, »vielleicht steckt ja ein stattlicher Kerl unter seiner Kutte.«

Pikiert legte Dana ihren Kopf schief. »Mach nur weiter so«, drohte sie, »dann werde ich Wingy überreden, dich mit ihm zu schicken.«

»Das wird sie nicht«, konterte Uta selbstsicher, »ich bin überzeugt, dass Wingert dir ganz gezielt eins auswichen wollte.«

»Mag sein«, entgegnete Dana nörglerisch, »unser Chorknabe wird aber nicht mitspielen. Ich bin sicher, der jammert Wingy derart die Ohren voll, dass sie ihn abzieht.«

Uta grinste zynisch. »Dann müsste Schneider schon mit Selbstmord drohen – außerdem solltest du aufhören unsere Chefin Wingy zu nennen, du weißt wie sehr sie das hasst.«

»Mir doch egal«, antwortete Dana gleichgültig.

Mit einer schnellen Drehung schwang sich Uta aus ihrem Sessel und marschierte mit einem schmalen Ordner um den Schreibtisch herum, wobei sie einen kurzen nachdenklichen Blick auf ihre Kollegin warf. »Du solltest dich mit dem Gedanken anvertrauen, dass du das letzte Mal nach Mainz fährst, es sei denn – du überzeugst Schank den Showakt zu ändern«, sagte sie und trat an einen Aktenschrank heran und sortierte die Mappe ein.

Dana drehte ihren Stuhl in Utas Richtung. »Schank wird niemals darauf eingehen, du weißt ja wie hartnäckig er bei den Verhandlungen war –

was soll's«, fand sie sich schließlich ab, »dann ist es eben unser letzter Auftrag in Mainz – aber dafür wird es der spaßigste.« Ein amüsiertes Lächeln zog sich über Danas Gesicht, was zu einem diabolischen Grinsen mutierte. Der Gedanke, Kollege Schneider die Krone des moralischen Abschaums aufsetzen zu können, erfüllte sie mit Freude. Sie sah darin ihren persönlichen fulminanten Abgang von Schanks Bühne.

»Dann bereite dich schon mal auf eine Menge Ärger vor – Wingert wird außer sich sein, wenn Schneider Bericht erstattet.«

»Das stehe ich durch«, nahm sie es gelassen und vertraute auf ihre hinterlistige Absicherung und konnte es kaum abwarten, Schneider diese Lektion zu erteilen.

Eine Zeit lang saß Schneider tief deprimiert vor seinem Schreibtisch. Angestrengt überlegte er, wie er aus der Sache Schank herauskam. Ein Gespräch musste her. Mit ein paar Atemübungen frischte er seinen Mut auf und machte sich dann fest entschlossen auf den Weg in Wingerts Büro.

Wingert reagierte gereizt, als Schneider in ihrem Büro stand und Bedenken anmeldete wegen der Zimmerreservierung. Mit jedem Satz den Schneider vortrug, sackte sie mehr in sich zusammen.

»Herr Schneider«, nannte sie geflissentlich seinen Namen, nachdem sie mit dem Kopf fast auf dem Schreibtisch angekommen war, »wenn Sie mit Frau Petry nicht Tür an Tür wohnen möchten, dann steht es Ihnen frei, mit dem eigenen Wagen zu fahren, aber«, schränkte sie ein, »ich werde Ihnen die Fahrzeit nicht als Arbeitszeit vergüten.« Sie blickte ihn von unten nach oben an. »Und für ihre Zusammenarbeit ist das mit Sicherheit auch nicht von Vorteil.«

»Sehen Sie«, jammerte er leidvoll und verzog schmerzerfüllt sein Gesicht und trat näher an den Schreibtisch, »mir wäre lieber, Sie würden mich ganz von dem Auftrag abziehen.«

»Ich werde meine Pläne nicht ändern«, gab sie ihm unmissverständlich zu verstehen.

»Ich kriege Panik, wenn ich nur daran denke, dass ich in ihr Hotelzimmer muss – sie macht mir Angst.« Er breitete seine Arme aus und schob die Schultern hoch. »E e e eben erst, war sie in meinem Büro, u u u nd...«

Müde schloss Wingert für einen Moment ihre Augen. Sie würde Dana kalt machen, wenn sie wieder... »Hat sie wieder auf Ihrem Schreibtisch gesessen?«, erkundigte sie sich gereizt.

Schneider streckte seinen Körper. »Nein«, musste er gestehen.

»Dann weiß ich nicht, was Sie für ein Problem haben?«

Er fuchtelte wild mit seinen Armen vor seinen Knien. »Ihre Röcke – die sind einfach zu kurz«, ereiferte er sich.

Wingert atmete schwer. »Ich kann Frau Petry nicht vorschreiben, was sie anzuziehen hat, und solange man ihre Unterwäsche nicht sieht, werde ich nicht einschreiten.«

Pikiert warf Schneider sein Kinn in Falten und zog seine Strickjacke zu. »Außerdem ist sie gemein«, trotzte er, »sie ist wieder rückfällig geworden und macht sich über mich lustig. Eben hat sie mich als Bruder Tuck bezeichnet.«

»Sie sind doch kein kleiner Junge mehr«, versuchte sie den Mann in ihm zu wecken, »Sie sind alt genug, sich zu wehren. Teilen Sie ihr mit, was Ihnen nicht passt, sie tut es ja auch.«

»Ja aber...«

»Nein!«, brauste Wingert laut auf und erhob sich von ihrem Sessel.

Eingeschüchtert schreckte Schneider zurück.

»Dass Sie hier nicht im Kloster sind, hatten Sie vorher gewusst«, mahnte sie ihn und erschrak vor sich selber. Sie hörte sich schon an, wie ihre Angestellte. Dieser Mann konnte einem aber auch wirklich den letzten Nerv rauben. »Sie verschwenden meine Zeit«, würgte sie ihn dann ab und verwies auf die Tür.

Eingeschnappt und von der Niederlage gezeichnet, zog sich Schneider wieder zurück und schleppte sich durch den Gang zu seinem Büro. Er fühlte sich völlig fehl am Platz. Wie eine falsche Besetzung in einem Film. Aber leider ließ ihm das Leben im Moment keine Wahl. Vor seiner Tür hielt er kurz inne, dann atmete er tief durch. Wingert hatte Recht. Er musste sich durchsetzen. Entschlossen kehrte er auf dem Absatz um und stapfte mit großen Schritten in Danas und Utas Büro. Er klopfte nicht einmal an, riss einfach die Tür auf. Die Damen lachten unbekümmert, als er reinplatzte, und zuckten nicht einmal zusammen, als er unangemeldet im Rahmen stand.

»Hallo, Herr Schneider«, grüßte Uta höflich und mit voller Aufmerksamkeit, während Dana nur mit ihren Fingern winkte.

Gezielt schaute er seine neue Partnerin an. »Nun ja«, fing er zögerlich und bedächtig an, »ich hatte Frau Wingert erneut gebeten, mich vom Auftrag zu entbinden«, fuhr er in seiner Erklärung fort, dass schon Hoffnungen in Dana weckte, »sie lässt sich aber nicht erweichen«, sagte er, wobei seine Stimme mit jedem Wort fester wurde, unbeirrt dessen, dass Dana gefasst und abgeklärt zu ihm aufschaute, hing er eine Frage an seine Erläuterungen, »fahren Sie mit dem Wagen, oder mit der Bahn?«

»Wagen«, antwortete Dana knapp.

»Wenn ich darf, würde ich gerne mitfahren. Ich besitze leider keinen eigenen Wagen.«

Von Rachegefühlen und Schadenfreude geleitet sprudelte ein gemeiner Satz aus Dana heraus. »Müssen Sie den mit Papi teilen?«

Schneider presste seine Lippen zusammen. »Ja«, gab er knapp zurück und wandte sich ohne weiteren Kommentar ab.

Obwohl Dana schon mit dem Schlimmsten gerechnet hatte, fiel sie leicht in sich zusammen. Ein wenig schlummerte schon noch die Hoffnung in ihr, Schneider könne Wingert umstimmen und so breiteten sich gemischte Gefühle bei ihr aus. Zu einem das Bedauern, einen guten Auftrag zu verlieren, zum anderen die Freude, ihren Rachegelüsten nachzukommen.

»Tja, das war's dann wohl«, kommentierte Uta mit einem mulmigen Gefühl im Magen, auch sie steckte in der Sache tief mit drin und musste nach dem Event Rede und Antwort gestehen, wenn Schneider all ihre Geheimnisse aufdeckte.

Dana setzte alles daran, die Vorbereitungen so schnell wie möglich abzuschließen und zu ihrer Überraschung lief alles perfekt ab, wobei sich

Schneider als tüchtiger erwies, als in ihren Erwartungen. Den ganzen Cateringbereich bearbeite er vollkommen alleine, womit ihm eine enge Zusammenarbeit mit seiner neuen Partnerin erspart blieb. Dennoch ließ es sich nicht verhindern, dass sie gelegentlich bei ihm im Büro auftauchte und Auskünfte einholte. Darüber hinaus gab es auch noch andere Events, die den einen oder anderen Kontakt erforderten. Obwohl Dana mit ihren verbalen Attacken einhielt und Schneider vertrauenswürdig als Partner anredete, so konnte er dennoch seine Angst vor ihr nicht ablegen und mit jedem Tag, der verging und der Termin heranrückte, trieb seine Furcht an. Jetzt, nachdem sie mit ihren flotten und gemeinen Sprüchen einhielt, wurde sie für ihn noch unberechenbarer, noch unheimlicher. Nicht mehr zu hören zu bekommen, was diese Frau über ihn dachte, konnte er noch weniger ertragen, als all ihre Beleidigungen. Zu seiner Erschwernis kam hinzu, dass sie ihn immer intensiver und zwingender anstarrte und er nun gar nicht mehr wusste, wie er ihren Blicken ausweichen konnte, ohne dass es beleidigend wirkte.

Von Tag zu Tag freundete sich Dana immer mehr mit dem Gedanken an, mit Schneider auf Tour zu gehen. Seine stetig steigende Furcht vor dem Abreisetag, die ihr nicht verborgen blieb, nahm sie genießerisch auf. Vor allem die Freude darüber, wenn Schneider die Schamröte ins Gesicht getrieben wurde, wenn die Showtanzgruppe ihren großen Auftritt vollzog. Sie betrachtete es ein klein wenig als Entschädigung dafür, dass ihre Lieblingskollegin Zuhause bleiben musste und damit der Untergang des größten Auftrages pro Jahr bevorstand.

*

Der Oktober rückte rann. Einen Tag vor der Abreise platzte Dana in Schneiders Büro. Fest auf ihre Arbeit konzentriert setzte sie sich neben seinem Schreibtisch und ging die Checkliste mit ihm durch und besprach den Ablauf. Sie hielt ihre Ausführungen auf das Wesentliche und saß ganz natürlich und ohne Anspielungen vor ihm. Ihre Gedanken waren fest verankert mit dem Auftrag, da hatten Gemeinheiten keinen Raum. Sie betrachtete ihren Kollegen, wie er zusammengekauert vor seinem Monitor saß und ihre Liste mit seiner abglich und nach jeder Übereinstimmung einen Haken hinter die Zeile setzte.

Grausam, diese Strickjacken, durchfuhr Dana plötzlich ein Gedanke. Damit konnte er unmöglich in Mainz aufwarten. Irgendwas musste da noch passieren. »Mir wäre lieb, wenn Sie Ihre schrecklichen Strickjacken Zuhause ließen«, warf sie unerwartet mitten in der Besprechung als Kritik ein.

Schneider schreckte auf. »Was haben Sie gegen meine Strickjacken?«

»Ich finde sie unmöglich.«

Furchtsam, als vermutete er, Dana konnte ihm seinen grauen Umhang vom Leib reißen, zog er das Revers zusammen. »Es ist Herbst, sie halten warm.«

Dana stöhnte gereizt. »Bei Ihnen ist immer Herbst«, entgegnete sie.

»Ich fühle mich aber ohne nicht wohl.«

»Es passt nicht«, kritisierte Dana energisch, »wir gehen nicht auf eine Beerdigung.«

Schneider konnte nicht verhindern, dass sein Blick für einen Moment an ihren Knien haften blieb. Dann kam ihm eine Idee. »Verzichten Sie auf Ihre Miniröcke?«

Erstaunt schob Dana ihr Kinn vor. »Sie wollen mit mir handeln?«

»Ja«, nickte er heftig und wedelte mit seiner Hand umher, »meine Strickjacken, gegen Ihre Miniröcke.«

Dana kam aus dem Staunen nicht mehr heraus. »Okay«, stimmte sie zu, »ich gehe den Deal ein.« Sie lachte ihn an. Von der gewieften Seite konnte sie ihren Kollegen noch nicht kennenlernen. Was der arme Tropf allerdings nicht wusste, dass Dana bei den praktischen Arbeiten ohnehin zweckmäßige Kleidung bevorzugte und dann lieber Jeans trug. Das verriet sie ihm natürlich nicht. Da keine offenen Fragen mehr behandelt werden mussten, schwang sich Dana aus dem Sessel und hatte mit drei großen Schritten die Tür erreicht. Dort wandte sie noch mal nach ihm um. »An welchem Kloster soll ich Sie denn morgen abholen?«, schob sie eine pietätlose Frage hinterher.

Am liebsten hätte Schneider ihr den Tacker hinterher geworfen, doch stattdessen teilte er ihr seine Adresse mit und betete, dass sie die Vereinbarung einhielt. Über eine Stunde neben ihr im Auto, sie mit nackten Beinen, dass hielt er nicht durch.

Gegen 9 Uhr stand Dana vor Schneiders Tür. Das Haus lag an einem Wendehammer mit Parknischen davor. Alles drum herum war großzügig ausgelegt. Ein flacher, breiter Weg führte zum Haus, den beinahe ein Auto befahren konnte. Links neben dem Haus befand sich eine Garage mit einem Kleintransporter davor. Eigentlich hatte sie mit zahlreichen katholischen Relikten vor dem Haus gerechnet, aber nicht die geringste Spur war davon zu entdecken. Sogar die Fußmatte, wo sie ein »Grüß Gott« erwartet hätte, zeigte ein lustiges Bildnis von Charlie Brown und Snoopy. Sie drehte sich neugierig um und betrachtete die Gegend. In diesem Teil der Stadt war Dana noch nie, dabei war Lönningen keine Großstadt, sondern eher überschaubar, mit dennoch abgelegenen Fleckchen, wie dieses hier bewies. Diese Gegend wäre für Dana zum Leben völlig ungeeignet gewesen. Viel zu einsam und abgeschieden. Zu Fuß würden wohl Stunden vergehen, hier her zu gelangen. Ohne Auto war man völlig aufgeschmissen. Aber diese Abgeschiedenheit passte zu Schneider, fern ab von allem Bösen. Sie dachte nicht weiter darüber nach und klingelte. Nach kurzem Warten öffnete eine ältere Dame. Ihre Haare trug sie lang und grau und ordentlich zusammengebunden. Sie lächelte die Dana freundlich an.

»Sie sind Frau Petry«, erkannte sie Dana und bat sie gleich herein.

Konsterniert und leicht befremdet stand Dana im Flur, der hell erstrahlt sich von der sonnigen Seite zeigte. Die Wände wirkten wie ausgebreitete Arme, um jedem Einlass zu gewähren. Ihr Augenmerk blieb an einem schwarzen Koffer hängen, der neben einer Tür stand. Ohne Zweifel handelte es sich um Schneiders Reisegepäck, wobei sie hoffte, dass es keine Strickjacken in sich barg.

»Mein Sohn telefoniert gerade noch mit der Firma«, entschuldigte Frau Schneider ihren Sohn und riss Dana aus ihren Gedanken, »möchten Sie einen Kaffee?«

Befangen lächelte Dana die freundliche Frau an. »Gerne«, nahm sie ihr Angebot an und ließ sich von ihr in die Küche führen.

»Guten Morgen«, ertönte plötzlich hinter ihr eine Stimme. Erschrocken wandte sich Dana um und blickte auf einen Mann der sich im Rollstuhl durch die Tür bewegte. Der Fremde strahlte sie gütig an. Sein Gesicht war schmal, so wie seine gesamte Gestalt. Seine vollen, grauen Haare standen ungebändigt vom Kopf ab. Wie vom Donner gerührt stand sie vor dem Mann, der ihr freundlich die Hand reichte. »Ich bin Haralds Vater«, stellte er sich vor.

Nur zögerlich erwiderte Dana seine freundliche Geste und erkannte in ihm jenen Menschen, der sie schon des Öfteren mit seinem Elektromobile auf der Straße ausbremste, wenn es kein Vorbeikommen gab. Oft hatte sie den Mann verflucht und als Verkehrshindernis beschimpft, doch nun sah sie die Sache ganz anders. Einem Menschen, der an den Rollstuhl gefesselt war, blieben nicht viele Möglichkeiten, sich selbständig fortzubewegen. Sie schämte sich so sehr. Ihr spukten noch ihre gemeinen Worte im Kopf herum, als sie sich über Schneiders Auto von Papi lustig machte. Der Transporter vor der Tür, diente allen Anscheins nach als Behindertenfahrzeug und musste immer zur Verfügung stehen, um größere Entfernungen zu bewältigen. Hätte Dana nur ansatzweise erahnt, dass sich hinter dem Elektromobilfahrer Schneiders Vater verbarg, so wäre ihr diese freche Bemerkung über Papis Auto nicht herausgerutscht. Aber es war dieses leidige Thema, niemand wusste über Schneider Bescheid, weil er sich nicht mitteilte. Obwohl sie im selben Ort lebten, war sie ihrem Kollegen nicht einmal privat begegnet, so wie es bei den anderen Kollegen schon mal vorkam, denen man schon mal beim Einkaufen über den Weg lief oder in einer Kneipe antraf.

»Setzen Sie sich doch«, riss Schneider Dana aus ihren Gedanken wobei er auf einer der Stühle deutete, die um den großen Tisch herum standen.

»Ich sitze gleich noch lange genug«, lehnte sie höflich in zurückhaltender Manier ab und nahm ihre Tasse Kaffee im Stehen von Frau Schneider entgegen.

»Harald hat von Ihnen erzählt.« Er sah zu der attraktiven Frau auf. »Er hat aber nicht gesagt, dass Sie sehr hübsch sind«, schmeichelte er.

Dana zuckte verzückt mit ihren Brauen, konnte gar nicht darauf antworten. Sie hatte eher mit negativer Kritik gerechnet.

Mit schnellen Schritten kam Schneider durch den Gang geeilt und trat in die Küche. Untröstlich darüber seine Verabredung warten lassen zu müssen, seufzte er. »Guten Morgen«, ließ er abgehetzt verlauten und blickte seine Kollegin an, die sich mit der Tasse Kaffee in ihrer Hand, nach ihm umdrehte, »Frau Wingert hat mich aufgehalten«, entschuldigte er seine Verspätung.

Erstarrt stand Dana vor ihrem Kollegen, der sehr verändert wirkte. Wie vereinbart trug er keine Strickjacke. Ohne diesen hässlichen, grauen Umhang sah er schon viel stattlicher aus und erschien um fast zehn Zentimeter größer, nicht mehr so niedergedrückt. Ein charmantes Lächeln kam Dana über die Lippen. »Ja, sie ruft ihre Leute immer an, bevor es auf Tour geht«, erklärte sie sanft, »ich habe eben auch noch mit ihr gesprochen«, schob sie hinterher, wobei sie dieses Telefonat gerne wieder vergessen wollte. Wingert redete ihr ins Gewissen und stellte eine riesige Liste an Verhaltensregeln auf.

Angesteckt lachte Schneider zurück und musterte sie erlöst, was Dana nicht verborgen blieb. Sie deutete auf ihre Jeans.

»Kein Minirock«, tönte sie vergnügt.

Mit einer bezeichnenden Geste deutete Schneider auf seinen Körper. »Keine Strickjacke.«

Dana empfand diesen Moment als sehr elektrisierend. Zum ersten Mal sah sie ihren Kollegen lachend und zeigte sich von seiner gelösten Seite. Auch seine Stimme klang wesentlich stärker und sicherer.

»Ist das ein besonderes Ritual, was ihr hier abhaltet?«, warf Vater Schneider in diese Idylle ein.

Aufgeschreckt drehte sich Schneider nach seinen Vater um und schüttelte den Kopf.

Dana stellte ihre Tasse auf dem Tisch ab. »Eher eine Abmachung«, erklärte sie amüsiert, dann wurde sie schlagartig ernst, »wir sollten uns auf den Weg machen.«

Mutter Schneider umarmte ihren Sohn vor der Tür. Verabschiedete ihn, als ging er auf eine große Reise, ohne Gewissheit, je wieder heimzukehren. Vater Schneider hingegen nahm das ganze viel lässiger. Er schlug seinen Sohn die Fünf in die Hand und wünschte ihm viel Erfolg.

Es vergingen nur Sekunden, bis Schneider seinen Koffer in dem Sportcoupé seiner Kollegin verstaut hatte und neben ihr auf dem Beifahrersitz seinen Platz einnahm, doch dann starrte er durchs Seitenfenster zur Haustür, wo seine Eltern vor Sekunden hinter verschwunden waren. Eine erdrückende Beklemmung schnürte ihm fast die Kehle zu. Seit dem Unfall seines Vaters, ließ er seine Eltern nie mehr als 48 Stunden alleine.

Nur zögerlich startete Dana den Wagen. Sie fühlte, dass Schneider irgendetwas quälte, nur war sie sich nicht ganz sicher, ob seine Angst seinen Eltern galt, oder der Gefahr, der er ab jetzt ausgesetzt war: Schutzlos seiner Kollegin ausgeliefert zu sein. Gewissensbisse suchten sie heim. »Herr Schneider«, rief sie ihn sanft an, worauf er seinen Kopf leicht drehte und sie mehr aus den Augenwinkeln heraus anschaute. Dana deutete auf den Kleintransporter vor der Garage. »Ich hatte mich über Papis Wagen lustig gemacht«, fuhr sie reumütig fort und suchte nach weiteren Worten um ihr Bedauern über ihren gemeinen Spruch auszudrücken, »ich nehme an, der Bus ist speziell für Ihren Vater…«

Schneider nickte stumm.

»Ich hatte keine Ahnung, dass er behindert ist.«

Konnte sie auch nicht, Schneider gab sein Privatleben nicht gerne preis, wollte niemanden damit auf die Nerven gehen. »Meine Schuld«, sagte er und nahm somit Danas Seelenlast auf seine Schulter. Er lächelte gütig und legte seine Besorgnis um seine Eltern ab. Auch fühlte er sich wohl neben seiner Partnerin, die ihm durch ihr zugeknöpftes Outfit Sicherheit verlieh und ihm nicht das Gefühl vermittelte, als wolle sie jeden Moment über ihn herfallen und ihm die Sittsamkeit rauben.

Die Fahrt verlief ruhig. Für Dana einen Tick zu ruhig. Mit Kollegin Uta schmiedete sie auf den Hintouren schon ihre Freizeitpläne, die an solchen Tagen sehr kurz bemessen waren. Mit Schneider brauchte sie wohl keinen Masterplan auszuarbeiten. Bei ihm stellte sich wohl eher die

Frage, ob sie eine Kirche oder ein Museum besuchten. Gott, was für ein Gedanke, durchfuhr es Dana und schaute ihn kurz und nachdenklich von der Seite an, der stumm neben ihr saß und die Landschaft betrachtete. Vielleicht ließ er sich ja zu einem Schoppen Wein in der Altstadt überreden, stellte sie eine Überlegung an.

»Waren Sie schon mal in Mainz?«, stellte Dana eine Frage, um die Stille zu durchbrechen.

»Ja«, antwortete Schneider knapp.

»Hat's Ihnen gefallen?«

»Ja.«

»Wie ich Sie einschätze, waren Sie sicher auch im Dom.«

Schneider nickte. »Ja.«

Mit einem kurzen Seitenblick versuchte sie Näheres aus ihm zu entlocken, doch Schneider zuckte nur mit den Mundwinkeln. Mit leichter Gereiztheit konzentrierte sich Dana wieder auf die Straße. »Haben Sie ein Schweigegelöbnis abgelegt?«, presste sie plötzlich leicht erzürnt hervor.

»Warum sind Sie so ungehalten?«, fragte er in seiner gütigen Art nach.

»Ich versuche mit Ihnen ins Gespräch zu kommen, und Sie antworten nur so knapp wie möglich«, entgegnete Dana, ihren Blick aufmerksam auf die Straße gerichtet.

»Was erwarten Sie von mir?«, fragte er geduldig.

»Reden Sie mit mir«, fauchte Dana, »erzählen Sie mir was über Sie.«

»Ich wüsste nicht, warum ich Ihnen meine Privatsphäre offenbaren sollte. Wir kennen uns doch kaum.«

Wie beim lieben Gott persönlich bestellt, tauchte in 200 Meter Entfernung ein Parkplatz auf. Dana zögerte nicht lange. Schnell setzte sie den Blinker und fuhr ihn an und stellte den Wagen mit quietschenden Reifen in einer Parkreihe ab.

Ängstlich schaute Schneider sich um. »Was haben Sie vor?«

Dana stützte ihren Arm auf der Rückenlehne ab. »Am liebsten würde ich Sie aussetzen«, presste sie gereizt hervor.

Schneider drückte sich in den Sitz. »Wieso?«

»Ich erwarte nicht«, zischelte sie durch die Zähne, »dass Sie mir Ihre tiefsten Geheimnisse preisgeben. Ich möchte nur ein wenig belanglose

Unterhaltung betreiben, vielleicht gelingt es mir ja dann, meine Vorein-genommenheit gegen Sie abzubauen.«

Schneider presste sich immer tiefer in den Sitz. Schwieg.

»Na schön«, gab Dana auf und setzte sich wieder geradewegs vors Steuer, »dann eben nicht!«, redete sie mit erhobener Stimme weiter und startete den Wagen, »verkriechen Sie sich ruhig weiter unter Ihren heiligen Deckmantel!«, rief sie und fügte noch ein lautes aufbrausendes »Amen!« hinzu.

Der Motor heulte auf und mit durchdrehenden Reifen setzte sich der Wagen wieder in Bewegung. Mit rasender Geschwindigkeit scheuchte Dana den kleinen Wagen über die Autobahn, ohne Rücksicht auf Geschwindigkeitsbegrenzungen. Es gelang ihr nicht, ihren Zorn einzu-dämmen. Am Morgen, als sich Schneider von seiner gelösten Seite zeigte, glaubte sie schon, sie habe sein Vertrauen gewonnen und es kam zu einer guten Zusammenarbeit, aber so gab es kaum Aussicht auf Besserung, eher entflammten ihre Rachegefühle neu auf.

Mit beachtlichem Zeitüberschuss erreichten sie das Hotel. Im Hof des Hotels stellte Dana den Wagen ab und ließ per Knopfdruck, neben dem Sitz, den Kofferraum aufspringen. Schneider stieg gleich aus und hievte die Koffer aus dem Stauraum heraus, während Dana auf der kleinen Rückbank des Fahrzeuges ihre Handtasche angelte. Langsam stieg sie aus und ging um den Wagen herum, wo ihr Kollege schon geduldig und wie immer schweigend auf sie wartete und ihr die Jacke reichte, die sie auf ihren Koffer abgelegt hatte. Wortlos ließ sie ihm einen verächtlichen Blick zukommen, verzichtete aber auf jeden Kommentar. Dann schritt sie voran ins Hotel, gefolgt von dem treuen Dackel, der sich ihr Kollege schimpfte.

Schneider renkte sich fast den Hals aus, als sie die Empfangshalle durchschritten. Seine Blicke wanderten über die aufwendig getäfelte Rokokodeckenkonstruktion, von denen drei Kristallleuchter herabhingen. In seiner maßlosen Begeisterung, über das architektonische Meisterwerk, stolperte er fast über einen abgestellten Koffer und richtete so lieber seine Blicke wieder nach vorne und steuerte auf die Rezeption zu, auf der ein üppiges, bunt zusammengestelltes Blumenarrangement stand.

Unbeirrt von Schneiders Bewunderung für dieses pompöse Hotel, erreichte Dana die Rezeption und trug ihr Anliegen vor.

Der junge Mann an der Anmeldung blickte erstaunt zur Uhr, als Dana einchecken wollte. »Entschuldigen Sie, Frau Petry, aber wir haben Sie so früh nicht erwartet. Ihre Zimmer sind noch nicht ganz vorbereitet.«

Dana schaute verdutzt, dann folgte ein verlegender Blick zu ihrem Kollegen, der sich mittlerweile neben sie eingefunden hatte und sich neutral zeigte, aber in seinem Inneren dachte: Das hast du nun von der Raserei.

»Wenn Sie möchten, können Sie im Bistro einen Kaffee trinken«, bot der junge Mann an, »die Koffer bringen wir Ihnen dann schon hoch.«

Ohne lange zu überlegen stimmte Dana zu. Sie hätte mit Schneider zwar schon die Örtlichkeiten besichtigen können, aber nach dieser grausigen Fahrt entschied sie anders. Zielstrebig marschierte sie voran und steuerte auf das abgelegene Bistro zu, das mit kleinen, runden Tischen mit jeweils drei Stühlen ausstaffiert war, die mehr dem Zweck dienten als der Gemütlichkeit. Hinter der holzverschlagenen Theke leuchtete eine Neonbeleuchtung »Bistro-Bar« auf, vor der zwei Kellner standen und Gläser polierten. Dana bog kurz zur Theke ab und bestellte sich einen Cappuccino bei einem der Kellner, bevor sie einen der Tische auswählte und ihre Jacke über einen Stuhl warf.

Nur zögerlich folgte Schneider ihr und bestellte ebenfalls einen Cappuccino und begab sich auch an den Tisch, verfolgt von nur einem Gedanken. Was dachten nur die Leute von ihm, er mit einer Fremden hier im Hotel? Für ihn grenzte es fast an den Verstoß gegen das Zölibat.

Nur griesgrämig nahm Dana wahr, wie Kollege Schneider sein Jackett ordentlich über die Lehne hing und auf dem Stuhl ihr gegenüber seinen Platz fand. Kurzum stand der Kellner schon am Tisch und servierte zwei große Tassen Cappuccino mit einem kleinen Schälchen Gebäckkugeln. Unauffällig beobachtete Schneider seine Kollegin, während sie ihn gar nicht mehr wahrnahm, oder, eher ignorierte. Gedankenversunken rührte sie in ihrer Tasse herum, dann versenkte sie eine der kleinen Gebäckkügelchen im Milchkaffee, fischte sie mit ihrem Löffel wieder auf und ließ sie genüsslich in ihrem Mund verschwinden. Der friedliche Anblick seiner Kollegin beim Kaffeetrinken ließen ihn fast seine Scham vergessen, doch dann tauchten ein paar Leute auf. Zwei Pärchen, die ihn und Dana anstarrten, als hätten sie ihn gerade des Ehebruchs entlarvt, entzündeten erneut das Feuer der Schande. Missmutig schaute er seinen Kaffee an, auf dem ein großer Berg Milchschaum schwamm, gepudert mit feinem Kakaopulver, den er gar nicht so recht unter der Last seiner moralischen Verantwortung genießen konnte. Nur mit Widerwillen führte er die große Tasse zum Mund und nahm einen großen Schluck, wobei ein Klecks Milchschaum an seiner Oberlippe haften blieb. Schnell durchsuchte er seine Taschen nach einem Papiertaschentuch und tupfte wie ein braver Junge seine Lippe ab und fuhr fürchterlich zusammen, als in diesem Moment der Hoteljunge den Zimmerschlüssel reichte. Schneider hatte ihn gar nicht kommen hören.

Ungeachtet davon bedankte sich Dana bei dem jungen Mann und sprang gleich auf und trank den Rest Kaffee im Stehen, wobei sie gleichzeitig nach ihrer Jacke griff. »Kommen Sie«, forderte sie Schneider auf, der angsterfüllt unter starkem Herzrasen seine Tasse leerte.

Wenig begeistert betrachtete Schneider die offene Zwischentür, durch die ihm seine Kollegin aufreizend zuwinkte. Sofort steuerte er auf diese Tür zu, die mit einem Schiebemechanismus versehen war, und studierte die Technik. Mit einem Schmunzeln im Gesicht ging Dana ihm hilfreich zur Hand. Schnell erläuterte sie, wie der Schließmechanismus funktionierte, was Schneider erleichtert aufnahm, dass jeder absperren konnte und so niemand ungewollt dem anderen Einlass gewähren musste. Und als erste Amtshandlung probierte er die Schließmechanik sofort aus und sperrte ab. Für so viel Besorgnis konnte Dana nur ein müdes Lächeln aufbringen und beschloss, sich nicht weiter über Schneiders Eigenarten zu ärgern.

Dana brauchte nicht lange ihren Koffer auszupacken, schließlich besaß sie Übung darin, und so saß sie wenig später schon in der kleinen Sitzecke, auf einer der zwei gemütlichen Sessel, und fuhr ihr Notebook hoch, um ihrer Tochter Kim eine Nachricht zu senden. Sie hielt gerne auf diesen Weg Kontakt zu ihr. Zu diesem Zweck überließ sie ihrer Tochter ihr altes Laptop. Auf diese Weise konnte sie die Trennung von ihr einfacher ertragen. Auch die Gewissheit, dass Kim bei ihrer besten Freundin gut versorgt wurde, machte die Situation erträglicher. Kim hingegen sah darin überhaupt keine Probleme. Sie freute sich, wenn sie für ein paar Tage von Zuhause entfliehen konnte, zumal sie mit der Tochter von Danas Freundin dieselbe Klasse besuchte und sich gut mit ihr verstand.

Mit einem vergnügten Lächeln im Gesicht las Dana die Nachricht von ihrer Tochter durch, die sie wohl schon in der Nacht geschrieben hatte und mit einem Foto unterlegt, das sie und ihre Klassenkameradin mit geschnittener Fratze zeigte. Mit geschickter Fingerfertigkeit antwortete Dana auf ihre Mail und fuhr dann den Rechner wieder runter. Es wurde Zeit, sich an die Arbeit zu begeben. Sie hatte das Notebook gerade zugeklappt, als es an der Zwischentür klopfte. Sie wandte sich zur Tür.

»Kommen Sie rein, ist offen!«, rief sie und wurde Zeuge, wie Schneider vorsichtig die Tür einen schmalen Spalt weit aufzog und hineinspähte, »nur keine Scheu, kommen Sie rein!«, forderte Dana ihren Kollegen erneut auf.

Schneider verzichtete. »Ich wollte nur wissen... ob...«

Ungeduldig sprang Dana auf und riss die Tür auf. Erschrocken scheute Schneider ein paar Schritte zurück und hielt schützend seine Hände vor seiner Brust.

»Jetzt kommen Sie bitte rein, wenn Sie mit mir reden wollen«, befahl Dana leicht fuchsig, »ich habe nichts zu verbergen und angezogen bin ich auch.«

Bibbernd stand Schneider mitten in seinem Zimmer. »Ich wollte nur wissen.... Wann wir uns auf den Weg machen?«

Dana atmete tief durch, um ihre Beherrschung nicht zu verlieren. Ein Blick auf ihre Armbanduhr folgte. »In ein paar Minuten«, sagte sie dann.

»Gut«, antwortete ihr Kollege unter heftigem Kopfnicken, »ich warte unten in der Lobby«, ließ er sie wissen.

»Tun Sie das«, ermutigte ihn Dana und wandte sich ab und schritt zum Kleiderschrank, wobei sie kurz stutzend stehenblieb. Trug Schneider eben eine Jeans? Sie schüttelte den Gedanken als verwerflich ab und stapfte weiter zum Kleiderschrank neben der Schiebetür und zog ein paar andere Schuhe hervor und wurde dabei Ohrenzeuge, wie Schneider die Tür schnell zuzog und vorschriftsmäßig wieder abriegelte. »Ich fass es nicht«, murmelte sie gereizt.

Die Firma Schank lag etwas außerhalb von Mainz. Eine Container-landschaft, die ein wenig an den Hamburger Hafen erinnerte, halt nur kleiner. Sehr viel kleiner. Am Haupttor musste sich Dana erst einmal legitimieren und das kleine Büro an der Barriere aufsuchen, wo eigens für sie und ihren Kollegen ein Besucherausweis inklusive Passfoto erstellt wurde, den sie sich an den Körper heften mussten, solange sie sich auf dem Gelände aufhielten. Erst dann durften sie den langen Weg befahren, der sie an den Containern vorbeiführte, bis hin zur Lagerhalle. Eigentlich unnötig. Von hinten gab es ein weiteres Eingangsportal und sogar einen großen Parkplatz. Aber leider mussten sie durch die aufwendige Prozedur und ihren Besucherausweis erwerben, der nur am Hauptportal ausgestellt wurde, ab dann war es egal, von welcher Seite sie das Gelände betraten.

Mit großen Schritten marschierte Dana durch die Halle. An einer Hand baumelte ihre Aktentasche. Schneider hingegen, der eine schmale Mappe unterm Arm geklemmt trug, kam kaum nach, weil er von den Eindrücken, die ihn zu erschlagen drohten, abgelenkt wurde. Ein Gewirr von Regalen und aufgestapelten Containern stand nach einer Willkür, die ihm unbegreiflich war, zusammen und türmte sich bis unter die Decke.
»Und aus dem Schlachtfeld wollen Sie einen Festsaal machen?«, bemerkte er eher skeptisch, aber die Vergangenheit leerte ihn eines Besseren.
Mit einem überheblichen Lächeln schaute sich Dana nach ihrem Kollegen um. »Nein, hier nicht«, erklärte sie und deutete auf eine Wand, »auf der anderen Seite der Halle.« Ein musternder Blick blieb an ihrem Kollegen hängen. Schneider trug tatsächlich eine Jeans.

40

Sie stiegen eine Metalltreppe hinauf, die zu einem Büro führte. Ein rundlicher Mann im grauen Kittel blickte durch ein großes Fenster und winkte Dana zu, die ihn freundlich zurückgrüßte. Wenig später standen sie vor ihm. Hausmeister Kemmer war ein kleiner untersetzter Mann mit Glatze und einer runden Brille auf der Nase.

Schneider begrüßte den Mann mit einem Händedruck, während Dana ihn herzlich umarmte.

»Sie haben einen neuen Kollegen«, bemerkte Kemmer und musterte Schneider misstrauisch, der nur leicht seufzte. Uta Werner wäre ihm wohl lieber gewesen.

Dana veranlasste sogleich, ihrem neuen Partner die Örtlichkeiten zu zeigen. Kemmer marschierte voran. Er durchlief das Büro bis zur anderen Seite und führte Schneider und Dana auf einen Laufsteg, von dem man beide Seiten der Halle von oben betrachten konnte. Kemmer deutete auf die leer geräumte Seite.

Nur vorsichtig trat Schneider an das Geländer und betrachtete aus schwindelnder Höhe die riesige Halle, die sich wie ein offener, dunkelgrauer Karton präsentierte. Kahl und hohl. Gegenüber befanden sich neben einem großen Rolltor, das locker ein Feuerwehrwagen durfahren konnte, zwei kleine Eingangstüren. Links an der langen Wand führten drei Doppeltüren in gleichmäßigen Abständen zu irgendwelchen Nebenräumen. Zweiflerisch begutachtete Schneider die Halle, wobei er sich krampfhaft ans Geländer krallte. Auch seine Kollegin schaute kritisch. Mit zusammengeschobenen Brauen ging Schneider in Gedanken Danas Skizzen durch, die er gründlich studiert hatte. »Ist das wirklich die Halle wie sonst?«, fragte er irritiert nach.

»Natürlich«, antwortete Kemmer leicht brüskiert.

»Sie scheint kleiner zu sein.«

»Sie ist umgebaut«, fiel Dana auf. Sie ging in die Hocke und kramte auf dem Boden eine Aufzeichnung aus ihrer Aktentasche heraus. Schnell richtete sie sich wieder auf und legte ihre Zeichnung auf dem Geländer ab und zog Vergleich. Schneider beugte sich zu ihr rüber und warf ebenfalls einen Blick auf ihre Skizze.

»Ja«, bestätigte Kemmer Danas Vermutung, »die Halle ist jetzt schmaler, weil wir neue Waschräume bekommen haben«, erklärte er unterdessen und deutete mit seinem Finger auf die linke Seite, »da, wo Sie die Türen sehen, befinden sich jetzt die Damen- und Herrentoiletten mit Duschen, und hier am unteren Teil befindet sich jetzt ein großer Garderobenraum«, erklärte er stolz und klemmte sich seine Daumen unters Revers, »jetzt brauchen wir nichts mehr abtrennen, und die Tanzgruppe kann sich bequem umziehen und hat direkten Aufgang zur Bühne, die immer gleich hier unterhalb aufgestellt wird.«

Dana ließ erschöpft ihren Kopf hängen. »Warum wurde mir das nicht mitgeteilt?«, stieß sie erregt aus.

Kemmer zog fragend seine Schultern hoch. »Herr Schank wird's wohl vergessen haben«, mutmaßte er, während Dana schon gedanklich ein paar Veränderungen durchging. So schön und praktisch der Umbau auch sein mochte, für sie stellte es eine Katastrophe dar. Die vorbestellten Dekorationselemente passten nicht mehr in das alte Planungskonzept und mussten umbeordert werden. Auch die Konstruktion um die Decke abzuhängen, musste neu geplant und berechnet werden und unterlag so einer größeren Umbaumaßnahme, und überhaupt würde alles etwas näher zusammenrücken, bedingt durch den neuen Wasch- und Garderobenraum, die in der Vergangenheit im Außenbereich lagen. Hinzu kam, dass der Cateringbereich auf die andere Seite verlegt werden musste und für Dana die alte Strom- und Wasserversorgung nicht mehr zur Verfügung standen, da diese nun, bedingt durch die Umbaumaßnahmen, blockiert waren.

Ratlos schaute Schneider den Hausmeister an, während Dana schon zur Tat schritt und mit dem Handy Kontakt zur Deko-Firma aufnahm und ihr Problem darlegte. Im Gespräch vertieft, wanderte sie auf dem Steg auf und ab. Schließlich nickte sie zufrieden und verabschiedete sich von ihrem Gesprächspartner.

Langsam ging Dana auf die Männer zu, die schon Überlegungen anstrebten um das Wasser- und Stromproblem zu lösen. »Wir müssen neu aufmessen«, erklärte sie leicht resigniert und versenkte ihr Handy in der Jackentasche. Dieser unerwartete Mehraufwand durchquerte gehörig ihre Freizeitpläne, die sie nun völlig abhaken konnte. »Gleich kommt ein

Mitarbeiter vorbei und geht mit uns die Einzelheiten durch«, fuhr sie fort und krallte sich am Geländer fest und starrte nachdenklich in die leere Halle, »jetzt brauchen wir noch eine Lösung für das Wasser- und Stromproblem.«

Kemmer warf sich in die Brust. »Herr Schneider hat schon eine Lösung«, verkündigte er feierlich.

Erstaunt wandte sich Dana ihrem Partner zu, der gleich eine Erläuterung abgab.

»Da wir den Cateringbereich an die gegenüberliegende Seite verlegen, bedienen wir uns an den Anschlüssen der alten sanitären Anlagen.«

Bedenklich schob Dana ihre Brauen zusammen. »Ja, aber – die lagen doch im Außenbereich, wir müssten endlos lange Leitungen legen.«

Überlegen schüttelte Schneider den Kopf. »Nein, wir legen einen Versorgungskanal durch die Wand«, erklärte er im Tonfall eines Fachmannes, »dazu müssen wir nur ein großes Loch bohren.«

Erleichtert stieß Dana einen Laut aus. »Sie sind ein Schatz«, lobte sie ihren Kollegen und musste sich bremsen ihm nicht um den Hals zu fallen, während Schneider sich auf ihre Liebeserklärung verlegen räusperte.

Mit Maßband und Zeichenstift bewaffnet, zog Schneider wenig später mit seiner Kollegin durch die Halle, sprach mit ihr die Veränderungen durch und nahm Maß. Mit absoluter Gründlichkeit übertrug er die erfassten Daten auf einen Zeichenblock und fügte genaue Notizen hinzu. Sein überragendes Talent als technischer Zeichner veranlasste Dana, ihn alleine die präzisen Zeichnungen entwickeln zu lassen, so dass sie in der Zwischenzeit mit Kemmer schon mal die Installationsarbeiten durchsprechen konnte. Erst am Nachmittag trafen Schneider und Dana wieder aufeinander. Kemmer hatte einen Tisch und zwei Stühle gleich neben einer der kleinen Eingänge bereit stellen lassen, wo sich Kollege Schneider schon büromäßig eingerichtet und die neue Innenraumskizze fertig gestellt hatte. Dana gesellte sich zu ihrem Kollegen. Sie setzte sich vor den Tisch und beobachtete ihn, wie er gründlich seine Zeichnungen studierte und auf Vollständigkeit kontrollierte.

Ungeduldig schob Dana ihren Ärmel zurück und schaute auf ihre Uhr. »Der Knabe von der Deko-Firma könnte so allmählich mal anrücken«, sprach sie voller Unmut. Normalerweise säße sie schon längst bei einem ausgedehnten Mahl und genoss den Rest vom Tag. Es war so etwas, wie ein Vorschusslorbeer für die anfallenden Überstunden in den nächsten Tagen, die ungewöhnlicherweise jetzt schon voll im Gange waren.

»Sie dürfen nicht ungeduldig sein. Immerhin musste er uns einschieben«, sagte Schneider in seiner gütigen und verständnisvollen Art, die Dana ankotzte.

»Ich kriege aber Hunger«, fügte sie als Begründung bei und trommelte dabei auf dem Tisch herum. Langweilige Minuten des Wartens begannen, neben einem Partner, der sich in Schweigen hüllte.

Plötzlich erhob Schneider seinen Arm und winkte jemanden zu. »Ich glaube, der will zu uns«, sagte er, worauf Dana über ihre Schulter blickte und einen jungen Mann auf sie zukommen sah.

»Endlich«, stieß sie erleichtert aus und erhob sich.

Die Unterredung mit der Dekorationsfirma nahm einen guten Verlauf und konnte schnell abgehandelt werden. Die Umbestellung der Verkleidungsstafeln und der Stahlelemente für die Deckenkonstruktion schienen kein Problem darzustellen, allerdings mussten die bereits beladenen LKW wieder neu bestückt werden und das nahm Zeit in Anspruch, so dass sich die Lieferung etwas verzögerte und erst im Laufe des morgigen Vormittags eintrudelte. Dana nahm das alles gerne in Kauf, wenn sich sonst keine weiteren Probleme in den Weg stellten, was nicht der Fall zu sein schien. Kemmer war unterdessen schon mit einer Mannschaft angerückt und stemmte mit einem großen Bohrhammer ein Loch durch die Wand, um die neuen Leitungen durch den Kanal zu verlegen. Unter dem Getöse der Bohrmaschine packten Schneider und Dana ihre Sachen zusammen und verabschiedeten sich für diesen Tag. Im Moment gab es für die beiden nichts zu tun, und so konnte Dana ihren geschrumpften Freizeitvorschuss endlich antreten, und als erstes stand Essen auf dem Plan. Sie wählte ein kleines Restaurant aus, mit guter bürgerlicher Küche im rustikalen Ambiente. Dana liebte dieses kleine Restaurant und suchte es gerne auf, wenn sie in Mainz residierte. Für Schneider war die Umgebung ein Tick zu intim. Die kleinen Nischen mit den Sitzbänken waren mehr für zwei Personen ausgelegt und die Tische so schmal, dass man ohne viel Mühe sich vorbeugen konnte, um bei Kerzenschein ungestört herumzupoussieren.

Der Kellner kam schnell herbei und legte die Karten aus und nahm die Getränkebestellung entgegen. Dana legte ihre Karte gleich zur Seite. Sie wusste schon genau, was sie speisen wollte. Wie immer fiel ihre Wahl auf ihr Lieblingsgericht, worauf sie sich schon das ganze Jahr freute. Kollege Schneider hingegen lehnte sich zurück und schlug die große, in Leder gebundene Karte auf und tauchte hinter ihr ab.

»Ich kann den Sauerbraten empfehlen«, schlug Dana vor und stützte sich auf den Tisch.

»Sauerbraten?«, stieß Schneider verzückt aus und blinzelte seine Partnerin über den Rand der Speisekarte an.

Dana lächelte über seine spontane Antwort. »Mögen Sie Sauerbraten?«

»Ja«, nickte Schneider, »sehr gerne sogar.«

Wau, durchfuhr es Dana. Endlich mal eine Antwort mit kleinem Nachsatz. Erst dachte sie daran, eine spitze Bemerkung darüber fallen zu lassen, entschied dann aber anders. Sie nutzte die Gelegenheit, eine Brücke zu schlagen. »Dann haben wir ja was gemeinsam.«

Bei Schneider kam eher eine leichte Verlegenheit auf. Die Tatsache mit seiner Kollegin eine Gemeinsamkeit zu besitzen, erfüllte ihn nicht gerade mit Frohsinn. Dem Sauerbraten konnte er dennoch nicht widerstehen und so schlug er die Speisekarte wieder zu und legte sie auf den Tisch zurück.

Stumm saßen sich Dana und Schneider gegenüber. Der Kellner hatte längst die Getränke gebracht und die Bestellung entgegengenommen. Wieder bestimmte quälende Langeweile die Runde. Dana seufzte in sich hinein. Was hatte Wingy ihr nur mit Schneider angetan?

»Gibt es noch irgendwas, was wir vorbereiten können, für Morgen«, durchbrach Schneider mit der Frage die Stille und versetzte Dana in Staunen.

»Nein«, antwortete Dana, »wir können heute nur abwarten.« Sie überlegte kurz und nutzte die Gelegenheit erneut ein Gespräch in Gang zu setzen. »Wir könnten die Zeit nutzen, den Wellnessbereich im Hotel auszukosten.«

»Nein danke«, lehnte Schneider gleich im gedämpften Ton ab und ging in Gedanken die Liste der Freizeitangebote durch, die Dana ihm aufgezählt hatte. »Ich werde auf keinen Fall mit Ihnen schwimmen gehen und schon gar nicht unbekleidet die gemischte Sauna aufsuchen.«

Dana legte ein abschätziges Schmunzeln auf. »Seien Sie doch nicht so prüde. Angst, es könnte jemand – etwas von Ihrem heiligen Körper abschauen?«

Verletzlich griff Schneider nach seinem Glas und nippte an seinem Wasser. Schon wieder rückte ihm Dana auf die Pelle und traktierte ihn mit Beleidigungen.

»Was würden Sie denn lieber unternehmen?«, forschte Dana nach.

»Den Dom besichtigen«, antwortete er beherrscht.

»Ich dachte, Sie waren schon dort.«

»Sie gehen ja auch öfters in die Sauna«, konterte Schneider und verspürte das Verlangen, sie zu erdrosseln, aber das verbat ihm sein Anstand.

Seine schlagfertige Antwort verblüffte Dana und spornte sie gleich an, ihn aus seiner Reserve zu locken und zu provozieren. »Wollen Sie Ihrer ausfallenden Sonntagsmesse vorbeugen?«

In Schneider stieg die Wut an. Er musste die Zähne zusammenbeißen, um seinen Zorn in Zaum zu halten. »Warum machen Sie sich immer über meine Glaubenseinstellung lustig?«, konnte er dennoch nicht zurückhalten und versuchte ruhig zu klingen. Den ganzen Tag über, als seine Kollegin mit ihrer Arbeit beschäftigt war, zeigte sie sich friedfertig und kooperativ, so dass er sich schon vor ihren verbalen Attacken in Sicherheit fühlte, doch nun brach wieder ihre alte schlechte Gewohnheit durch.

Ein gereiztes Stöhnen kam von Dana. »Schauen Sie sich nur an,« hielt sie ihm vor, »Sie geben sich päpstlicher als der Papst.«

»Na und«, gab er zur Antwort, seine Stimme bebte leicht und er musste tief durchatmen, um seine Beherrschung nicht zu verlieren, was ihm nicht gelang, »ich bin ein sehr gläubiger Mensch und meinetwegen auch prüde, das gibt Ihnen aber nicht das Recht, auf mir herumzutrampeln und mich zu erniedrigen und ständig mit Ihren weiblichen Reizen zu provozieren«, fügte er im heftigen aber leisen Tonfall hinzu, wie ein Pastor, der mahnend von der Kanzel predigte.

Erschrocken über Schneiders ungewohnten Temperamentsausbruch und über sich selber entsetzt, senkte Dana zutiefst getroffen ihren Blick.

Unbeeindruckt fuhr Schneider unterdessen fort. »Sie bieten sich verabscheuungswürdig, wie ein billiges Straßenmädchen, an.« Er stieß ein bekräftigendes Räuspern aus und trank hastig nach seinen bezeichnenden Worten sein Glas leer.

Schneiders schneidende Worte trafen Dana wie ein Schlag ins Gesicht. Sie kam sich dumm und albern vor, als ihr Kollege ihr den Spiegel vorhielt, in dem sie sich in aller Abscheulichkeit wiedererkannte. Sie musste sich eingestehen, dass sie sich wirklich sehr töricht benahm, anzüglich und ausfallend. Stumm schluckte sie einen Kloß herunter, der ihr noch lange im Magen liegen würde.

»Ich wollte Sie nicht kränken«, legte Schneider gleich eine Entschuldigung nach. Er bemerkte, wie sehr seine Kollegin an seinen harten Worten nagte, dabei lag es ihm fern, Menschen zu rügen.

Dana atmete tief durch. »Kein Problem«, lenkte sie heiser ein, »ich kann Kritik durchaus vertragen.« Nur zögerlich erhob sie ihr Haupt. »Wer austeilt muss auch einstecken.« Sie schaute Schneider kurz an, der sich nicht unbedingt wohl fühlte. »Ich werde versuchen, Sie künftig so zu respektieren, wie Sie sind«, legte sie ein Versprechen ab, dann legte sie stumm ihre Hände auf dem Tisch ab und senkte bewegt ihren Kopf.

Schneider atmete tief ein. Die Worte seiner Chefin riefen sich in seine Erinnerung, Dana mitzuteilen, was ihm nicht passte, vielleicht hatte sie ja Recht?

Endlich servierte der Kellner das Essen. Von dem Moment an begab sich Dana in eine andere Welt. Von niemandem ließ sie sich dann den Appetit nehmen. Sie hatte ihre Portion schon fast vertilgt, als Schneider nur noch im Essen rumstocherte.

»Schmeckt es Ihnen nicht?«, erkundigte sich Dana.

»Doch«, antwortete Schneider und legte sein Besteck zur Seite, »es ist mir zu viel.« Betrübt schaute er seinen Teller an. »Ich weiß, es ist Sünde.«

»Wenn es Ihnen nichts ausmacht, bewahre ich Sie vor dem Fegefeuer«, ließ Dana einen flotten Spruch los und sah ihren Kollegen erwartungsvoll an, der nach ihrer Bemerkung schon wieder sauertöpfig dreinschaute, dann aber den Teller in ihre Richtung schob. Unbeirrt langte Dana zu und zog mit der Gabel sein Stück Fleisch vom Teller und stach anschließend in den Kloß hinein und hielt sich erst gar nicht lange auf, diese Portion auch noch zu verdrücken.

»Wo stecken Sie das alles hin?«, fragte Schneider, erstaunt über ihren Appetit.

Überrascht über seine Frage, schaute Dana ihren Kollegen an und stellte für einige Sekunden das Kauen ein. Sie zuckte schließlich mit der Schulter. »Wahrscheinlich hat mein Magen die anderen Organe verdrängt«, scherzte sie und aß ungeniert weiter.

»Essen Sie immer so viel?«

Wieder stellte Dana das Kauen ein. Was war nur plötzlich mit Schneider los? So neugierig zeigte er sich ja noch nie. »Ja«, nickte sie geständig.

»Sieht man Ihnen gar nicht an.«

»Ich bin ja auch ständig in Bewegung«, begründete sie und setzte zum Finale an. Mit dem letzten Stück Kloß saugte sie den Rest Soße auf und ließ es in ihrem Mund verschwinden. Zufrieden tupfte sie sich den Mund mit der Serviette ab und lehnte sich zurück. Jetzt sehnte sie sich nach ihrer Wellnessoase.

Nachdem Dana ihren Kollegen am Dom abgesetzt hatte, stellte sie den Wagen vor dem Hotel ab und leerte den Kofferraum. Schneiders Mappe verstaute sie in ihrer Aktentasche und nahm sie mit. Von ihrer Vorfreude angetrieben, hielt sie sich auch nicht lange auf. Sie brannte darauf ein paar Bahnen zu schwimmen und dann in der Sauna zu entspannen. Schnell hatte sie ihr Zimmer erreicht und ihre Badesachen zusammengesucht. Mit einem Kopfsprung tauchte sie schon wenige Minuten später ins Becken ein und arbeitete sich durchs Wasser. Dann drehte sie sich auf den Rücken und ließ sich treiben. Sie genoss den Zustand der Schwerelosigkeit und den Moment der Unbekümmertheit. Wenn das Leben doch immer so sorglos und mühelos wäre.

Gedankenvoll saß Schneider im Innengarten des Doms. Seine Ellenbogen auf den Knien gestützt, schaute er grüblerisch auf den kleinen Blumengarten. Die kleinen Pflanzen wogen sich im Wind, der sanft durch den Garten wehte. Oft suchte er die Abgeschiedenheit eines geistlichen Instituts, um seine Gedanken zu ordnen. Aber in letzter Zeit fiel es ihm immer schwerer, seine innere Zufriedenheit zu finden. Alles stellte er in Frage. Selbst das Vertrauen zu Gott, in dem er immer die Kraft schöpfte, geriet immer wieder ins Wanken. Er fühlte sich ausgegrenzt und verlassen. Seit dem Unfall seines Vaters war nichts mehr wie früher. Alles schien sich gegen ihn verschworen zu haben. Er vermisste sein ruhiges und besinnliches Leben, stattdessen bestimmten die Sorgen um seinen Vater seine Tage und der chaotische Job in der Partyagentur, was ihn mehr und mehr in die Verzweiflung trieb und ihm den Sinn und Freude am Leben raubte. Er verharrte noch bis die Dämmerung Einzug hielt, dann strebte er den Weg zum Hotel an.

Nach ihrem Entspannungsprogramm fühlte sich Dana schon viel befreiter. Sie war in etwas Bequemes geschlüpft und hatte ihr Notebook mitten auf dem kleinen Tisch abgestellt und startete es. Schneiders Unterlagen warf sie auf ihr Bett. Sicher würde er gleich danach fragen. Zielstrebig ging sie auf den Frisiertisch zu, wo das Haus eine gratis Flasche Wein für die Gäste bereithielt. Sie öffnete unter Kraftanstrengung den Drehverschluss und schenkte sich ein Glas von denen ein, die im Duo daneben standen. Plötzlich klopfte es an der Zwischentür.
»Ist offen!«, rief Dana ihrem Kollegen zu, der langsam die Tür aufschob und im Rahmen stehenblieb, »kommen Sie doch rein«, forderte sie ihn auf und griff reflexartig nach dem zweiten Glas und befüllte es ebenfalls, um es ihrem Gast anzubieten, was für sie eine Selbstverständlichkeit darstellte. »Sie suchen sicher Ihre Unterlagen«, sagte sie währenddessen und deutete auf ihr Bett.
Perplex lokalisierte Schneider die Mappe. Die hatte er gar nicht vermisst.

»Wie war's im Dom?«, stellte Dana gleich eine belanglose Frage, um ein Gespräch in Gang zu kriegen, und marschierte zielstrebig mit den Gläsern auf ihn zu. Sie zeigte sich gut gelaunt und lächelte höflich.

»Gut«, antwortete Schneider in seiner knappen Art.

Sie reichte ihm ein Glas. »Und, steht noch alles an seinem Platz?«, fragte sie so daher.

Er nickte. »Ja«, antwortete er und reagierte verwirrt auf ihr Angebot und lehnte ihr Getränk mit einer bezeichnenden Geste ab, »ich trinke keinen Alkohol.«

Ihre Augenbrauen fuhren erstaunt hoch. »Niemals?«

»Weihnachten schon mal – oder zu besonderen Anlässen.«

»Fein«, lachte Dana und gab nicht auf, »auf unsere gute Zusammenarbeit«, legte sie einen festlichen Grund nach.

Eine Weile fixierte Schneider das langstielige Glas und gab schließlich ihrem nachdrücklichen Blick nach. Er wollte kein Spielverderber sein und ihre liebe Geste belohnen.

Erfreut prostete Dana ihm zu, dann nahmen sie beide einen kräftigen Schluck. Schneider atmete tief. Er versuchte, sein Unbehagen damit zu vertreiben und einen Weg zu finden, seinen eigenlichen Besuchsanlass mitzuteilen.

Höflich bot Dana mit ausgestrecktem Arm ihrem Gast einen Platz an. »Setzen Sie sich doch.«

»Nein«, lehnte Schneider spontan ab, und klang dabei etwas angespannt, »ich möchte Sie nicht stören.«

»Nu kommen Sie schon«, wurde sie ungeduldig, »machen Sie's mir nicht so schwer, setzen Sie sich einen Moment und trinken Sie in Ruhe Ihr Glas aus.«

Er überlegte und besah sich seine Kollegin die sich abgewandt hatte und auf die Zimmertür zumarschierte. Mit Erleichterung nahm er ihren geschlossenen Abendanzug wahr, dennoch wollte er sich nicht aufhalten. »Frau Wingert hat angerufen«, sagte er plötzlich, um endlich sein eigentliches Anliegen vorzutragen.

Erstaunt stoppte Dana ab und wandte sich ihrem Kollegen zu. »Wahrscheinlich ein Kontrollanruf«, mutmaßte sie und musste lachen, möglicherweise sorgte sich Wingy um Schneiders Wohlbefinden, »sie ruft normalerweise nie an.« Schneiders Miene wurde ernst, was in Dana schlimme Befürchtungen hervorrief. »Ist irgendwas passiert?«

»Nun ja«, zögerte Schneider und nippte an seinem Glas.

Geplagt von Ungeduld, wies Dana ihm erneut einen Platz zu. »Jetzt setzen Sie sich bitte und erklären Sie endlich, was los ist«, forderte sie ihn energisch auf, worauf er widerstandslos folgte. Als er sich auf den Sessel sinken ließ, blieb sein Blick kurz an Danas Notebook hängen, das aufgeklappt auf dem Tisch stand und ein Foto von einem Mädchen auf dem Desktop zeigte. Währenddessen erreichte Dana die Tür und betätigte den daneben befindlichen Dimmer und dunkelte die Zimmerbeleuchtung etwas ab. Einen Moment hielt Dana inne und stutzte dann. Wenn etwas Wichtiges vorgefallen wäre, hätte Wingert sie angerufen und nicht Schneider. So fand sie zu ihrer gelassenen Form schnell wieder zurück.

Schneider hingegen richtete entsetzt seinen Blick zur Deckenbeleuchtung, als sich diese verdunkelte, schwenkte dann aber schnell um zu seiner Kollegin, die auf die Sitzgruppe zurückgeschlendert kam. Verführerisch lächelte sie dabei über ihr Weinglas. Wie von Kirchenglocken aufgerüttelt, presste er seine Beine zusammen und nahm seine Schutzhaltung ein, um sich vor Schlimmerem zu bewahren. Er drückte sich tief in den Sessel und zog seine Schultern hoch, wobei er sein Glas krampfhaft umklammerte.

»Frau Wingert zeigte sich besorgt, als ich ihr die Problematik darlegte«, erklärte er bedacht und hoffte, er könnte Dana mit seiner Aussage ablenken.

Nach seinen Worten fühlte sich Dana bestätigt, es war ein Kontrollanruf. Sie rollte mit ihren Augen. »Ach Blödsinn«, bagatellisierte sie. Wingert wusste nur allzu genau, dass sie sich auf sie verlassen konnte. Lässig ließ sich Dana in den Sessel fallen und prostete ihrem Kollegen zu, der nur zögerlich ihre Geste erwiderte, sich aber für diesen Moment in Sicherheit wiegte. Dennoch hätte er am liebsten das Glas auf Ex weggekippt und sich wieder in sein Zimmer verbarrikadiert, und so nahm er erneut einen kräftigen Schluck, um der Sache ein schnelles Ende zu bereiten. Doch bei dem Versuch, den Blicken seiner Kollegin auszuweichen, wurde sein architektonisches Interesse geweckt.

Dana schlug ihre Beine übereinander und beobachtete ihren Kollegen. Ihr blieb nicht verborgen, dass er bestrebt war, ihren Blicken zu weichen, dann plötzlich blieben seine Augen gezielt an der Badzimmertür haften, die das Bett vom Frisiertisch trennte.

»Die Zimmer sind spiegelverkehrt«, blieb seinem geschulten Auge nicht verborgen.

Dana grinste. »Ja«, bestätigte sie.

Seine Augen wanderten auf Danas Bett, wo ihr Bademantel ausgelegt lag, auf dem deutlich der Schriftzug vom Hotel zu lesen war. »Sie haben auch einen Bademantel vom Haus?«, stieß er überrascht aus.

Mit zusammengekniffenen Augen schürzte Dana ihren Mund. »Sie werden es nicht glauben«, legte sie zu einem Scherz auf, »ich habe sogar Handtücher.«

Ertappt erstarrte Schneider. Er benahm sich wie ein Weltfremder. Das war er wohl auch. In Hotels wie diesem wohnte er noch nie.

Dana konnte sich ihr Lachen nicht verkneifen, als er so zusammenfuhr, von seiner Naivität aufgerüttelt. »Luxus – dieser Art«, fing sie im leicht überheblichen Ton an, »sind Sie wohl von ihren Pilgerfa…« Entsetzt über sich selbst, brach Dana den Satz ab. Beinahe fiel sie wieder in ihre alten abfälligen Angewohnheiten.

»Sprechen Sie es ruhig aus«, gestand Schneider ihr es zu und leerte sein Glas, »Sie haben Recht – Ich übernachte ausschließlich in Jugendherbergen und auf Campingplätzen.«

»Sie waren noch nie im Hotel«, wunderte sich Dana.

Nachdenklich wog er seinen Kopf. »Einmal als kleiner Junge«, fing er plötzlich an zu erklären, »da waren wir mal in einer Pension – das war so ziemlich das Einzige, was sich meine Eltern damals leisten konnten – da gab es Bettwäsche.«

Angenehm überrascht hörte Dana ihrem Kollegen aufmerksam zu und peilte die Flasche Rotwein auf dem Frisiertisch an. Der gute Wein löste endlich seine Zunge und zeigte ihn von der offenen Seite. Wie er wohl nach einem zweiten Glas...? Dana zögerte keinen Moment. Sie erhob sich von ihrem Sessel und schlenderte auf die Flasche Wein zu.

»Hübsches Mädchen«, hörte sie Schneider geistesabwesend sagen. Sie wandte sich kurz nach ihm um, beobachtete ihn, wie er das Hintergrundbild ihres Notebooks betrachtete.

»Meine Tochter«, erklärte Dana und griff nach der Flasche Rotwein.

»Habe ich mir schon gedacht«, sagte er versonnen und behielt seine Augen auf den Monitor gerichtet, »sie hat Ihre Augen«, fuhr er fort, »wenn man der Aufnahme trauen darf, weicht die Farbe etwas ab.«

Dana hustete kurz auf. Bei Schneiders Äußerung hatte sie sich an ihrer eigenen Spucke verschluckt. »Als würden Sie meine Augenfarbe kennen«, fand sie seine Aussage doch sehr vermessen.

»Braungrün«, beschrieb er, seine Blicke fest auf das Foto gerichtet, »wobei das Grün leicht überwiegt.«

Perplex stand Dana mit der Flasche in der Hand an ihrem Bett. Unterdessen führte Schneider unbeirrt seine Erläuterungen weiter.

»Sie haben eine königliche Nase, leicht erhöhte Wangenknochen und volle Lippen mit einem charmanten Lächeln.«

Verunsichert beäugte Dana die Flasche in ihrer Hand und überlegte, ob sie wirklich nachschenken sollte. Wer wusste, wie er dann reagierte? Mit einem Heiratsantrag? Sie schüttelte den Gedanken ab und ging auf ihren Kollegen zu, der sich schließlich ihr zuwandte.

Eigentlich hatte Schneider jetzt mit einem flotten Spruch auf seine schwülstigen Worte gerechnet, doch Dana schwieg sich aus, schien leicht hilflos. Sie schenkte ihm nach und ließ sich mit einem Verlegenheitsräuspern wieder in den Sessel fallen, wobei sie mit der freien Hand ihr Notebook zuklappte. Ein eher ungewohntes Verhalten seiner Kollegin, genau wie seins. Keine Ahnung, was ihn zu diesen Komplimenten veranlasste, aber auf eine Gewissheit wurde er aufmerksam, seine Kollegin reagierte sehr sensibel, wenn man sie mit Liebenswürdigkeiten überschüttete.

Dana vertrieb ihre Verlegenheit mit einem Lächeln und strebte ein anderes Thema an. »Sie waren recht lange fort, gibt es im Dom so viel zu sehen?«, horchte sie ihn über den heiligen Tempel aus, obwohl es sie gar nicht wirklich interessierte. Aber es reizte sie, ihn aus der Reserve zu locken.

»Ich habe noch im Garten gesessen«, antwortete er brav und nahm einen kräftigen Schluck Wein.

Versonnen legte Dana ihren Kopf in den Nacken und blickte kurz zur Decke auf. »Komisch«, sagte sie und schämte sich ein wenig dafür, was sie jetzt sagen wollte, »ich bin nun schon das fünfte Mal in Mainz, aber im Dom war ich noch nie.«

»Da haben Sie wirklich was verpasst«, ereiferte sich Schneider und erntete von seiner Kollegin ein charmantes Lächeln auf seinen spontanen Ausruf, »ich kann Sie führen«, bot er ihr überschwänglich an und schaute sie voller Erwartung an. Sein Blick verharrte in ihrem und brachte ihn gleich wieder zur Besinnung. Um sich von ihrem liebreizenden Antlitz abzulenken, nahm er erneut einen Schluck.

»Beim nächsten Mal«, hörte er sie liebevoll sagen.

Ja, musste Schneider feststellen, Dana war im Grunde eine bezaubernde Person. Mit ihren Kollegen schäkerte sie viel herum und zeigte sich immer gut gelaunt. Bei diesen Gedanken bahnten sich Zweifel an, vielleicht lag es ja wirklich an ihm. In Gedanken versunken lehnte er sich lässig zurück und drehte sein Glas in den Händen und streckte seine Beine aus.

Mit Augenzwinkern betrachtete Dana ihren Kollegen, der nun ungezwungen im Sessel verweilte und ihr Notebook angrübelte. Langsam beugte sie sich vor und griff nach der Flasche, die förmlich danach schrie Schneider in einen Schwips zu versetzen. Unaufgefordert kippte Dana ihren Kollegen erneut nach, der leicht zusammenzuckte, als sie vorgebeugt mit der Flasche aufwartete.

»Ich sollte jetzt gehen«, stieß er hastig aus, empört über sich selber, einer Dame so hemmungslos in ihrem Schlafzimmer gegenüber zu sitzen, »ich raube Ihre Zeit.«

»Ich habe heute nichts mehr vor«, lächelte sie und verzauberte damit ihren Kollegen, der sich von da an nicht mehr wehrte. Entkrampft schaute er sogar seine Kollegin an, die er sonst nicht so gerne in dieser unmittelbaren Nähe duldete, und verzog seine Mundwinkel zu einem befreiten Lächeln.

Na also, triumphierte Dana innerlich über ihren Erfolg, einen aufgeschlossenen Schneider erleben zu dürfen, und ließ sich wieder in den Sessel zurückfallen, betrachtete ihren Kollegen, dessen Blick wieder am Notebook klebte.

»Stell ich mir schwierig vor, ein Kind alleine aufzuziehen«, erwähnte er mit anerkennender Hochachtung.

Amüsiert stieß Dana einen leisen Ton aus. »Ich komme ganz gut zurecht«, antwortete sie und schob ihre Beine übereinander, »immer noch besser, als jeden Tag neben einem Langweiler aufzuwachen.«

Schneider nahm einen Schluck. »Hört sich an, als seien Sie der Ehe entflohen.«

»Ja«, nickte Dana, »was sich anfangs romantisch anfühlte, entwickelte sich zu Eintönigkeit und Langeweile. Für dieses ewige Händchenhalten am Fernseher war ich einfach nicht geschaffen.« Sie überlegte kurz. »Als Kim geboren wurde, gab ich mich gänzlich auf und war nur noch für die Familie da. Nach außen hin führten wir eine Bilderbuchehe. Friede, Freude, Eierkuchen. Irgendwann bekam ich das Gefühl, das Leben zieht an mir vorbei… Und als ich dann wieder meinen alten Job im Reisebüro aufnahm, schlitterte unsere Ehe in die Katastrophe. Bernd konnte nicht verstehen, dass ich den Wunsch besaß zu arbeiten – er verdiente schließlich genug – wir hatten alles was wir brauchten – neues Auto, ein großes Haus – viel lieber hätte er noch ein paar Kinder gehabt.« Dana lachte. »Wenn's nach ihm gegangen wäre, hätte ich jetzt eine Fußballmannschaft zusammen.«

Schneider bewunderte seine Kollegin, wie sie ungezwungen und ohne ein Anzeichen von Verbitterung über ihr Leben redete, wobei er eine Menge Parallelen entdeckte, die ein unbehagliches Gefühl in ihm weckten. Eine ähnliche Argumentation brachte damals seine Verlobte vor, als sie sich von ihm trennte, und erst jetzt begriff er, was in seiner Freundin vorgegangen sein musste. Gähnende Eintönigkeit zog sich durch ihre Beziehung.

»Was ist mit Ihnen«, riss Dana ihn aus den Gedanken, »auch schon mal übers Heiraten nachgedacht?«

Schneider zuckte mit den Mundwinkeln. »Ja«, antwortete er leise, »aber ich gehöre zu diesen Langweilern, bei denen es niemand aushält«, sagte er verzagt.

»Sie müssen mehr aus sich herausgehen«, riet Dana, »Sie schauen immer aus, als hätten Sie keinen Spaß am Leben.«

Er schürzte seinen Mund und genehmigte sich noch einen Schluck. Kollegin Dana hatte den Nagel auf den Kopf getroffen. »Mir ist der Spaß gehörig vergangen«, gab er leicht enttäuscht von sich.

»Sie kommen in der Firma nicht zurecht.« Sie überlegte angestrengt. »Wieso haben Sie Ihren Job in Trier aufgegeben?«, interessierte sie brennend.

Schneider setzte sich auf. »Mein Vater hatte vor eineinhalb Jahren diesen schrecklichen Unfall, der ihn an den Rollstuhl fesselte.« Betreten senkte er seine Lider. »Meine Mutter kam überhaupt nicht damit zurecht, und so fuhr ich jeden Abend nach Hause – eine Zeit lang nahm ich mir sogar Sonderurlaub. Meine Eltern waren in das Haus meiner Oma gezogen und das musste umgebaut werden, aber dieses Pendeln wurde zum Dauerzustand, und so bin ich schließlich zu ihnen gezogen und habe das Haus übernommen. Leider gab es hier keine freie Planstelle, und so habe ich mich anderweitig umgeschaut. Seither habe ich meine Eltern nie länger als 48 Stunden alleine gelassen.«

Mitfühlend hörte Dana ihrem Kollegen zu. »Machen Sie sich da nicht zu viele Sorgen? – Ich meine – Ihre Eltern sind doch jetzt auch alleine.«

Schneider atmete schwer und nahm einen Schluck. »Gern tue ich das nicht – ich habe für die Tage extra eine Pflegerin engagiert.«

»Und dann bleiben Sie auch noch ausgerechnet in einer Eventagentur hängen«, bedauerte sie ihn ein wenig und lächelte aufmunternd.

Er zuckte mit den Mundwinkeln. »Das Leben kann grausam sein.«

»Waren Sie schon immer.« Sie überlegte und suchte nach dem richtigen Ausdruck. »Kirchlich orientiert?«

»Ja.« Ein begeisternder Glanz schoss ihm in die Augen. »Ich war bei den Messdienern und Pfadfindern.«

»Nicht im Kirchenchor?«, setzte Dana eine spitze Bemerkung nach.

»Doch«, antwortete Schneider ungeachtet ihres Zynismus, den er gar nicht mehr wahrnahm. Er stöberte in seinen grauen Zellen. »Ich überlege gerade, ob wir uns nicht früher mal begegnet sind.«

Dana schüttelte den Kopf. »Sicher nicht, ich bin nicht von Lönningen – vor ein paar Jahren bin ich erst dort hingezogen, vorher habe ich in Linz gelebt und aufgewachsen bin ich in Köln. Aber Sie sind aus Lönningen.«

»Ja«, nickte er bedächtig, »dann war ich 16 Jahre in Trier.«

»Eine lange Zeit.«

Er nickte wehmütig, wobei seine Augenlider erschöpft absanken.

»Sie sollten den alten Zeiten nicht nachtrauern«, riet Dana und versuchte ihn ein wenig aufzuheitern, »manchmal muss man den Pfad ändern – genauso als Sie damals nach Trier gegangen sind, das war doch sicher auch eine Umstellung?«

»Da hatte ich aber ein festes Ziel vor Augen und habe mich auf meine Aufgaben gefreut.« Er nahm einen weiteren Schluck. »Ich habe auch sehr viele soziale Projekte betreut«, schob er stolz hinterher.

»Sicher wurden Sie dort netter aufgenommen«, sagte Dana, wobei ein wenig Mitleid und Reue in ihrer Stimme schwang. Mit jedem Wort, das ihr Kollege von sich gab, stellte sie ihre Rachegelüste in Frage.

Schneider nickte und leerte sein Glas. Mit einem Mal wurde sein Bewusstsein aufgerüttelt. Er redete viel zu viel, sicher langweilte er Dana schon, die sich heute von ihrer extrem höflichen Seite zeigte, und außerdem schickte es sich nicht, im Schlafzimmer einer Dame zu verweilen. »Ich sollte jetzt gehen«, befand er und erhob sich schwerfällig aus dem Sessel. Er musste schon kräftig seine Arme zu Hilfe nehmen, um sich aufzurichten. Der kräftige Rotwein hatte ihn leicht gelähmt. »Danke für den Wein.«

Glücklich schmunzelte Dana und schaute zu ihm auf. Sie war froh ihm ein Stück näher gekommen zu sein, wenn auch der Weingeist dabei Schützenhilfe leistete. Eigentlich sollte er jeden Morgen schon damit anfangen, dann würde er das Leben nicht mehr so verkniffen sehen. »Keine Ursache, morgen nehmen wir uns Ihre vor«, schäkerte sie.

Schneider hielt sich erst gar nicht lange auf, er nickte bloß kurz auf ihre spitze Bemerkung hin und schlug dann zielstrebig Richtung Zimmertür ein.

»Herr Schneider«, rief Dana ihn zurück und deutete mit ihren Blicken auf die Zwischentür, »Sie sind von dort gekommen.«

Orientierungslos kratzte er sich am Kopf, stutzte kurz und schlug dann die neue Richtung ein. Binnen weniger Sekunden war Schneider in seinem Zimmer verschwunden und riegelte vorschriftsmäßig ab, worin Dana ihr Startzeichen sah, sich auch für die Nacht zu wappnen. Ein kurzer Blick auf ihr Bett hielt sie kurz zurück. Schneiders Mappe lag noch darauf.

Eigentlich glaubte Schneider mit einem dicken Kopf aufzuwachen, als morgens der Wecker surrte, aber nichts der Gleichen quälte ihn, nur die Erkenntnis, dass er Dana möglicherweise mit seinem Geschwätz auf die Nerven gegangen war, die sich sehr höflich und verhalten zeigte. Den Kopf voll Gedanken, stellte er sich unter die Dusche und beeilte sich mit seinem Waschritual, um ein schnelles Ende zu finden. Er hatte mit seiner Kollegin gar keinen Zeitpunkt ausgemacht, und das ließ ihn in Eile versetzen. Es verging knapp eine Viertelstunde, als er fertig angezogen im Zimmer stand und es plötzlich an der Tür klopfte. Mit schnellen Schritten eilte er auf die Zwischentür zu. Mit geschicktem Handgriff entriegelte er das Schloss und schob die Tür einen Spalt auf. Entsetzt riss er seine Augen auf und starrte seine Kollegin an, die gerade aus dem Bad kam. Ihr Bademantel lag nur lose über ihren Schultern und darunter trug sie nur ihre Unterwäsche.

Leicht erschrocken zog Dana das Revers zu, als sie ihren Kollegen ohne Vorwarnung erblickte. »Herr Schneider?«, sprach sie ihn überrascht, aber dennoch gefasst an, »ist was passiert?«

Aus den Augenwinkeln heraus versuchte er die Situation zu lokalisieren. Verwirrt stellte er Recherchen an. Dana stand an ihrem Bett, links und rechts war niemand anderer zu sehen. »Sie haben geklopft«, tastete er sich heran.

»Nein«, gab sie ihm zu verstehen.

Blamiert lenkte er seine Augen auf die Zimmertür und hätte sich dabei selber ohrfeigen können. »Sorry«, stieß er beschämt aus und schob die Tür zu. Verwirrt lehnte er sich kurz an und stürzte schließlich zur Zimmertür und riss sie auf. Die Tageszeitung blinzelte ihn an, die ihm der Zimmerboy an die Tür geklemmt hatte. »Ich Idiot!«, schimpfte er mit sich selber und schleuderte das Tagesblatt aufs Bett. Zum Lesen war ihm in dieser Minute die Lust vergangen. Viel lieber wäre er jetzt in eine Höhle gekrochen, um sich zu schämen.

Dana hingegen konnte über diesen Vorfall nur lachen. Dass ausgerechnet Schneider sich in so eine prekäre Lage selber manövrierte. Wahrscheinlich kniete er jetzt vor seinem Bett und geißelte sich mit 100-mal Vaterunser, mutmaßte sie. Den Gedanken noch nicht ganz zu Ende gesponnen, da hörte sie ihn rufen.

»Frau Petry, ich geh schon mal vor!«, teilte er mit.

»Tun Sie das!«, rief sie zurück und schüttelte amüsiert ihren Kopf und überlegte, ob er noch eine Entschuldigung nachschob.

Nervös und nach den richtigen Worten des Bedauerns suchend saß Schneider am Frühstückstisch. Er hatte schon Kaffee geordert und seinen Bedarf an Frühstücksutensilien vor sich stehen. Seine guten Manieren zwangen ihn jedoch, auf seine Kollegin mit dem Frühstücken zu warten, dabei duftete der Kaffee sehr verlockend, doch er blieb standhaft. Plötzlich sah er sie auf den Tisch zumarschieren, mit ihrer Aktentasche bewaffnet. Sie legte die Tasche auf einen freien Stuhl ab, warf ihre Jacke darüber und ließ ihren Blick über den Tisch schweifen.

»Keinen Appetit?«, schloss sie aus seinen vollen Teller.

Schneider schluckte mit abgewandten Augen. »Ich wollte nicht ohne Sie anfangen«, antwortete er heiser.

»Das ist doch nicht nötig«, äußerte sie argwöhnt und setzte sich. Kurzum stand ein Kellner neben ihr und nahm ihre Frühstückswünsche entgegen. »Haben Sie Ihren Klopfgeist ausfindig gemacht?«, stellte sie nebenbei eine Frage und forderte ihn so für eine Entschuldigung heraus.

Ratlos gestikulierend ließ Schneider seine Blicke über den Tisch wandern. »Das ist mir sehr unangenehm«, beteuerte er und traute sich gar nicht aufzuschauen, »ich hätte schwören können – Sie... haben.« Er fasste sich ans Herz. »Es tut mir leid.«

»Regen Sie sich nicht auf«, beruhigte ihn Dana und betrachtete das Ereignis von der heiteren Seite, »das kann doch passieren.«

»Ich bin untröstlich über mein Verhalten«, quälte er sich selber weiter und griff nur widerwillig zum Messer. Sein Appetit war ihm vergangen.

»Es ist nicht schlimm.« Sie sah ihn in sein gepeinigtes Gesicht und setzte zu einem Scherz an, um die Angelegenheit zu verharmlosen. »Ich hoffe nur – die Farbe meiner Unterwäsche hat Ihnen gefallen.«

Der Scherz kam bei Schneider nicht an. Entsetzt fiel ihm das Messer aus der Hand und zu allem Überfluss stand der Kellner am Tisch und servierte Dana gerade das Frühstück.

»Wie können Sie so reden?«, reagierte Schneider ungehalten, nachdem der Ober mit unterdrücktem Grinsen den Tisch verlassen hatte, »ich habe Sie fast...« Er deutete unangenehm berührt auf seinen Körper.

Dana verzog ihr Gesicht. »Mein Gott«, stieß sie verständnislos aus, »ich gehe regelmäßig in die Sauna, was meinen Sie wohl, wie viele Männer mich schon nackt gesehen haben? Dabei meine ich – wirklich nackt.« Ungeachtet von Schneiders Scham widmete sich Dana ihrem Frühstück, aber sie konnte es nicht richtig genießen. Sie merkte sehr wohl, wie selbstquälerisch ihr Kollege in Gedanken vertieft über sein Missgeschick nachdachte, und nur sehr lustlos seine Mahlzeit zu sich nahm. Irgendwann reichte ihr dieses wehleidige Gehabe. »Was ist los?«, fuhr sie ihn an, »gestern Abend haben Sie mir besser gefallen.«

»Hören Sie doch auf«, wollte er nicht wahrhaben, »ich habe viel zu viel geredet.«

»Ach was, wir haben uns doch nett unterhalten.«

»Es ist normalerweise nicht meine Art, mit meinen Problemen anderen Menschen auf die Nerven zu gehen.«

Dana verzog ihren Mund zu einem frohen Lächeln. »Ich habe dadurch aber eine andere Wertschätzung über Sie gewonnen.«

Schneider spülte seinen letzten Bissen mit Kaffee hinunter. »Ich hatte zu viel getrunken«, gab er sich mit seinem Verhalten nicht zufrieden.

»Ich werde Sie schon nicht verpetzen«, flachste Dana.

»Es ist trotzdem unverzeihlich«, klagte er sich selber weiter an. Seine Hand, die neben seinem Teller abgelegt lag, zitterte leicht.

»Jetzt hören Sie auf, sich selber zu zerfleischen«, wies Dana ihn zurecht, dann fasste sie nach seiner zittrigen Hand. Schneider versuchte sich gleich davon zu lösen, doch Dana fasste schnell nach und packte noch enger zu. »Einen guten Tipp unter Kollegen.« Sie sah ihn scharf an. »Sie sollten jeden Tag, bevor Sie das Haus verlassen, einen kräftigen Schluck aus der Pulle nehmen«, setzte sie zynisch nach. Ohne eine Antwort abzuwarten, griff sie nach ihrer Jacke samt Aktentasche und stand auf. »Ich warte am Wagen!«, gab sie mürrisch von sich und zog ab, wobei sie ihre Zweifel an ihrem diabolischen Plan wieder völlig ablegte.

Eine Weile musterte Schneider seine Hand, die Dana mit festem Griff umkrallt hatte. Bemerkenswert, wie viel Stärke seine Kollegin besaß und verrückterweise war sein Zittern verschwunden.

Zusammengekauert saß Schneider die ganze Fahrt über neben seiner Kollegin und wagte nur aus den Augenwinkeln heraus gelegentliche Blicke zu ihr. Schon längst hatte Dana zu ihrer gewohnten Form zurückgefunden und summte ein Lied mit, das im Radio ertönte, während er immer noch unzufrieden vor sich her muffelte. Wie konnte Wingert ihm das nur antun?

Als Dana ihren Wagen auf dem Parkplatz abstellte, standen schon einige LKWs, bepackt mit Arbeitsmaterialien, bereit. Auffällig groß ragte ein schwerer Auflader zwischen den Fahrzeugen heraus, auf dem Montagestangen lagen.

Die Fahrer und Aufbautechniker standen mit hochgeschlagenen Krägen im Pulk zusammen und unterhielten sich, einige rauchten und klemmten sich abwechselnd die Hände unter die Achseln, um sie wieder aufzuwärmen. Es schien zwar ein sonniger Herbsttag zu werden, doch die Sonne konnte sich nur schwerlich gegen den Morgennebel durchsetzen.

Per Handschlag begrüßte Dana die kräftigen Arbeiter, die sie teils sogar beim Namen kannte. Gleichzeitig stellte sie ihren neuen Kollegen vor, der von den meisten kritisch beäugt wurde. Aber für diese Sympathieansichten blieb keine Zeit. Ohne Zeitverlust versammelte Dana alle

Männer um ihren improvisierten Schreibtisch und teilte die neue Sachlage mit. Neben dem Schreibtisch stand eine große Magnettafel, wo Schneider die neuen Baupläne aushing, die er zwischenzeitig in Kemmers Büro kopiert und vergrößert hatte. So konnte jeder einsehen, wo nun die einzelnen Bereiche ihren Platz finden sollten. Neben die Pläne kritzelte Schneider seine und Danas Handynummer auf ein freies Blatt Papier, damit sie zu jeder Zeit erreichbar waren, falls sie bei wichtigen Belangen nicht am Schreibtisch angetroffen werden konnten.

Nach Danas ausführlichen Erläuterungen hielten sich die Männer nicht lange auf. Jeder folgte streng genau ihren Anweisungen und binnen weniger Minuten verwandelte sich die leer geräumte Halle in eine Baustelle. Ein Gewimmel von Handwerkern und Gerätschaften kreuzten die Wege. Balken wurden durch die Halle gezogen und Gerüstteile aufgestellt für den Bühnenbereich. An allen Ecken heulten Bohrmaschinen und Sägen. Schneider konnte kaum glauben, dass sich aus dem heillosen Durcheinander ein Festsaal entwickeln sollte. Wenn er diesen Tag überhaupt überlebte. Ständig musste er irgendwelchen Leitern, Balken oder Ähnlichem ausweichen. Hinzu kam der Termindruck, der ihn plagte. Sein Cateringbereich geriet jetzt schon in Verzug, weil sich die Renovierungsarbeiten für den Kanal hinzogen. Um die ganze Sache zu beschleunigen, legte er selber mit Hand an. Hier machten sich seine Fähigkeiten als Handwerker bezahlt. Erfahrungen, die er sammeln konnte, bei einem Jugendbauprojekt, das er seiner Zeit in Trier betreute.

Unterdessen stand Dana mitten im Getümmel, gab Anweisungen und diskutierte mit den Arbeitern. Irgendwann tippte Kemmer ihr auf die Schulter und bedeutete, dass er ihr und ihrem Kollegen eine kleine Mahlzeit auf den Schreibtisch bereitgestellt hatte. Dankbar winkte Dana gleich Schneider herbei und wenig später saßen sie gemeinsam am Tisch. Dana musste sich schon sehr zusammenreißen mit ihren Essgewohnheiten, sonst wäre für ihren Kollegen nichts übrig geblieben. Ofenfrisches Brot und lecker duftende Wurst verführten ihren Gaumen, das Ganze liebevoll von Kemmer zusammengestellt, so dass das Auge schon einen Teil verschlang.

»Wie läuft es bei Ihnen?«, erkundigte sich Dana kauend bei ihrem Kollegen, der neben ihr saß.

»Wir kommen voran«, antwortete er weniger zufrieden. Der Zeitdruck schaffte ihn ein wenig.

Dana spürte seine Anspannung. »Das wird schon«, redete sie besänftigend auf ihn ein und lächelte aufmunternd. Plötzlich nahm sie eine bekannte Stimme wahr. Sie verschluckte sich fast, als sie den Chef von der Showtanzgruppe nach ihr rufen hörte.

John-Paul gehörte schon zu einer ganz außergewöhnlichen Gattung seiner Art. Sein Leben bewegte sich auf einen schmalen Grad zwischen Rampenlicht und Privat. Mit Abstand gehörte er zu der schillerndsten Persönlichkeit, die Dana je kennenlernte. Im tiefsten Inneren seines Herzen liebte er ausschließlich Männer, wobei er vor Transsexuellen nicht zurückscheute. Er lebte seine Sexuelle Neigung gerne öffentlich aus, verzichtete aber, sich in Frauenkleider zu zeigen, die er am liebsten auf dem Leib trug und wenn möglich, so wenig wie nur ging. Aber das kostete er gerne auf der Bühne aus. Stets trug er bunte Hemden, verspielt mit Rüschen und Applikationen. Die Hosen eng, in den verschiedensten Mustern. Getigert, gestreift, gefleckt und was der Modemarkt sonst noch so auf Lager hielt. Die Genitalien zeichneten sich dabei deutlich ab, obwohl der größte Anteil in der Hose aus Push-Up bestand.

Auf John-Paul war Dana noch überhaupt nicht gerichtet. Normalerweise zeigte er sich erst samstags, zu einer kurzen Probe mit seinem Team. Eigentlich hoffte sie, dass Schneider erst übermorgen auf John-Paul traf, wenn das große Feuerwerk der Anzüglichkeiten abgefackelt würde, aber so bekam Schneider halt schon mal einen Vorgeschmack auf das, was ihn erwartete.

Langsam erhob sich Dana und nahm aus ihren Augenwinkeln wahr, wie Schneider skeptisch sein Gesicht verzog, als sich dieser Papagei auf sie zu bewegte. Verzagt räusperte sich Dana und machte sich jetzt schon auf Erklärungen gefasst, doch zunächst gewährte sie John-Paul ihre Aufmerksamkeit und sagte bloß zu ihrem Kollegen: »Da kommt John-Paul von der Showtanzgruppe.«

Mit zusammengekniffenen Beinen und abgespreizten Händen kam John-Paul auf Dana zugeeilt. Dann fuhr er seinen Arm aus und winkte seicht mit seiner Hand. »Hallo Darling!«, rief er ihr im trivialen Ton zu, mit einem falschen englischen Akzent unterlegt, den er aber nur im Männer-Outfit anwandte und sich dabei fast die Zunge verrenkte und dem Zuhörer das Gefühl vermittelte, er werfe beim Reden eine große Glasmurmel im Mund hin und her. Um besonders britisch zu erscheinen, warf er schon mal englische Begriffe ein, was er aber meist vergaß. Affektiert beugte er sich mit weit ausgestrecktem Hinterteil vor und rieb seine Wangen an Danas, ohne weiteren Körperkontakt, währenddessen er schon neugierig Danas neuen Partner fixierte.

Sicherheitshalber blieb Schneider hinter dem Schreibtisch sitzen und nutzte ihn als Festung vor diesem Mann, dessen homosexuelle Neigung er deutlich spürte und der offensichtlich Gefallen an ihm fand.

Mit einem gekonnten Augenaufschlag mit falschen Wimpern musterte John-Paul den schüchternen Mann hinterm Schreibtisch und schürzte lüstern seinen rot umrandeten Mund. Hastig eilte er auf den, augenscheinlich, verstörten Mann zu und langte seine Hand über den Tisch, so wie eine Dame, die einen Handkuss forderte. »John-Paul«, hauchte er Schneider entgegen.

Irritiert griff Schneider nach der zarten Männerhand und schaute sich den Fremden an, mit der aufgebauschten Frisur, die genauso weich aussah, wie sein falscher englischer Akzent klang. »Schneider«, stellte er sich kurz vor und zog seine Hand schnell wieder weg, als befürchtete er angesteckt zu werden.

Mit verschränkten Armen beobachtete Dana die Männer. »Was führt dich schon so früh hierher?«, richtete sie schließlich eine Frage an John-Paul, um ihn von ihrem Kollegen abzulenken, und musste sich schon sehr zusammenreißen, um nicht unhöflich zu klingen. Er stahl ihr ein wenig das Überraschungsmoment.

Nur widerwillig ließ John-Paul seine wollüstigen Blicke von Schneider ab und drehte sich nach Dana um. »Ich habe erfahren – dass wir eine neue Garderobe haben – die wollte ich mir schon mal anschauen«, antwortete er seicht, gefolgt von lasziven Blicken, die an Schneider haften blieben. Unauffällig stieß er Dana an. »Meinst du – er führt mich rum?«, flüsterte er ihr erwartungsvoll zu.

Dana ließ John-Paul einen mahnenden Blick zuteilwerden. »Ich werde dich führen«, gab sie ihm kühl zu verstehen und hoffte, dass sich der Knabe an Schneider nicht allzu sehr aufheizte. Sie zog ihn weg und führte ihn in den neuen Garderobenbereich. Mit geschmeidigem Gang wackelte John-Paul schmollend neben Dana her und betrachtete sie von der Seite, von der er sich ungerecht behandelt fühlte.

»Ach«, stieß er dennoch schwärmerisch aus, »wo hast du denn diesen Knaben her? Der hat ja so was Unschuldiges an sich.«

»Bemüh dich nicht«, nahm Dana ihm gleich jede Hoffnung, »er ist hetero.«

Er legte seinen Kopf in den Nacken und sah Dana aus den Augenwinkeln an. »Du solltest mich nicht unterschätzen – my dear«, zickte er sie an und zog an ihr vorbei, »du brauchst dich nicht zu bemühen«, ließ er sie eingeschnappt wissen und winkte ihr mit dem kleinen gespreizten Finger, »ich finde den Weg.«

Kritisch schaute Dana diesem warmen Tänzer hinterher, wie er mit seinem Arttypischen Schmalspurgang des Weges schaukelte. »Altes Schlitzohr«, murmelte sie leicht angekratzt.

Mit verschränkten Armen saß Schneider auf der Tischkante und wartete auf die Rückkehr seiner Kollegin. Viele Fragen schwirrten in seinem Kopf herum, die er gerne geklärt haben wollte, was ihm Dana schon von weitem ansah und sie sich schon ein paar klärende Worte gedanklich zurechtlegte.

»Wer war denn das?«, forderte Schneider eine Erklärung und legte dabei ein außergewöhnliches Selbstbewusstsein an den Tag.

Dana zögerte und renkte sich den Hals ein, bevor sie eine Erklärung abgab. »John-Paul, das sagte ich doch schon«, antwortete sie knapp und schritt um den Tisch herum und schob ein paar Notizen hin und her.

Unzufrieden mit dieser knappen Antwort drehte Schneider sich nach Dana um. »John-Paul?«, wiederholte er misstrauisch den Namen, »der ist doch nicht wirklich Engländer?«

»Nein.« Dana blickte ihren Kollegen kurz an. »Er bedient sich an einem Künstlernamen und der Akzent ist nur aufgelegt.« Sie ließ sich auf einem der Stühle nieder. »In Wahrheit heißt er Johannes-Paul und kommt aus Dinslaken.« Nachdenklich und mit zusammengekniffenen Augen wog Dana ihren Kopf. »Ich glaube, er spricht nicht einmal fließend Englisch.«

»Sie scheinen ihn näher zu kennen«, schloss er aus ihren Worten und der herzlichen Begrüßung von eben.

»Ja.«

»Und er ist – der Chef der Showtanzgruppe?«, hakte er nach, um sicher zu sein, seine Partnerin richtig verstanden zu haben.

Dana nickte lahm. »Ja.«

Von einer schlechten Vorahnung gepeinigt, schluckte Schneider. »Sind die alle so drauf?«, forschte er vorsichtig nach.

»Ja«, antwortete sie bestimmt und schob geringschätzig ihre Brauen zusammen, »ich hoffe, Sie hegen gegen Homosexuelle keine Vorurteile.«

Schneider räusperte sich heftig. Keinem Menschen gegenüber besaß er Vorurteile, dennoch konnte er ein unwohliges Gefühl im Nacken nicht abschalten. Alle Klischees, die an Schwulen hafteten, spukten in seinem Kopf herum. »Wie muss ich mir denn die Show vorstellen?«, setzte er eine Frage nach, wobei ihm ein Schauder über den Rücken lief. Seine Skepsis ließ sich nicht einfach abschalten.

»Nun ja.« Dana zögerte. »In den letzten Jahren war es schon das ein oder andere Mal ein wenig anzüglich.«

Kritisch forderte Schneider näheren Aufschluss. »Wie anzüglich?«

»Etwas frech halt und – ein wenig unter der Gürtellinie«, erklärte sie verharmlosend und ging weiter ihre Unterlagen durch.

»Frech – und unter der Gürtellinie«, wiederholte Schneider zweiflerisch ihre Worte.

Innerlich angespannt, aber äußerlich gelassen, lehnte sich Dana zurück und schaute ihren Partner an. »Was haben Sie für ein Problem?«

Schneider zuckte nachdenklich mit seinen Mundwinkel. »Ich möchte nur sicher gehen, dass hier keine Schweinereien ablaufen«, äußerte er seine Bedenken, »Sie wissen besser als ich, dass Frau Wingert auf Seriosität und Anstand großen Wert legt – wenn sie wüsste, dass ihr guter

Name mit...« Er suchte nach Worten um seine Bedenken darzulegen, ohne verwerflich zu klingen. »...Irgendwelchen sexistischen Machenschaften in Verbindung gebracht werden könnten ... dann würde sie die Veranstaltung ablehnen.«

»Eben«, bestätigte Dana und holte mit einem innerlichen Grinsen zu einem taktischen Argument aus. Gelassen beugte sie sich vor und stützte sich auf den Tisch ab. »Wie Sie bereits wissen, stehen wir in diesem Jahr zum fünften Mal mit Herrn Schank in Verhandlung und richten die Veranstaltung aus«, erklärte sie ruhig, »und es hat bisher nie ein Problem gegeben.«

Einsichtig nickte Schneider lahm, konnte aber seine Verunsicherung nicht ganz ablegen.

Dana spürte seine Nervosität und genoss sie. »Schauen Sie sich die Show an und Sie werden sehen, es ist alles nur halb so schlimm«, redete sie weiter beschwichtigend auf ihn ein, wobei sie ein zutrauliches Lächeln auflegte.

Schneider blieb nicht viel Zeit weiter darüber nachzudenken, ein Arbeiter stand plötzlich neben ihm, der wegen seinem Cateringbereich ein paar Fragen beantwortet haben wollte, die er vor Ort klären musste. So wandte er sich wieder seinen Aufgaben zu und vertraute einfach auf die langjährige Zusammenarbeit zwischen Schank und Wingert.

Mit einem Grinsen im Gesicht schaute Dana ihren Kollegen hinterher. Sie freute sich schon jetzt auf sein Gesicht, wenn die Show losging und Schneider vor Entsetzen die Luft wegblieb, die jetzt schon mächtig ins Stocken geraten war. Diesen bösen Gedanken gerade zu Ende gedacht, da kam John-Paul schon wieder auf ihren Schreibtisch zugeeilt. Entsetzt gestikulierte er schon von weitem mit den Armen und völlig entnervt stand er schließlich vor ihrem Schreibtisch und spielte ihr einen Nervenzusammenbruch vor.

»Also my dear«, keuchte er aufgeregt, »das geht ja gar nicht.«

Dana versuchte gefasst zu bleiben und legte ein Lächeln auf. »Was?«, erkundigte sie sich scheinbar ruhig.

»Es gibt keinen Kühlschrank«, beanstandete er.

»Ist das deine einzige Sorge?«, gab Dana etwas ungehalten zurück und konzentrierte sich wieder auf ihre Unterlagen.

John-Paul fühlte sich nicht ernst genommen und warf theatralisch seinen Kopf in den Nacken. »Darling«, nannte er sie geflissentlich, »du weißt, ich brauche den Kühlschrank for das Champagner.«

Genervt rollte Dana ihre Augen, was weniger auf seinen falschen, englischen Akzent beruhte, sondern mehr dem Vortrag galt, der jetzt folgte, über die richtige Lagerung dieses edlen Gesöffs. »Ich weiß«, unterbrach sie ihn gleich, »die Temperatur muss eingehalten werden.«

Er verzichtete auf seinen Vortrag. »Wer kümmert sich darum?«, wollte er nur wissen und warf seine lackierten Krallen dramatisch in die Höhe.

Dana stieß einen Seufzer aus. »Schneider«, antwortete sie und bereute ihre spontane Auskunft im selben Moment schon. Bei allen Rachegelüsten, widerstrebte es ihr, ihren Kollegen diesem homosexuellen Lüstling zum Fraße vorzusetzen. Schnell versuchte sie noch einzulenken, doch ehe sie den Zuständigkeitsbereich zu sich ordnen konnte, war John-Paul schon losmarschiert, mit festem Ziel Schneider. Erst dachte sie daran, John-Paul zu folgen, um das Schlimmste zu verhindern, doch dann entschied sie anders. Schneider war ein erwachsener Mann, alt genug, um auf sich selber aufzupassen.

Schneider zuckte argwöhnisch zusammen, als er die zarte Hand von John-Paul auf seiner Schulter spürte, sich dann zu ihm beugte und ihm etwas ins Ohr sülzte.

»Hör mal, Darling«, schmachtete er Schneider begehrlich zu, »ich brauche dringend einen Kühlschrank in der Garderobe«, fuhr er fort, wobei er die letzten Silben nur noch hauchte und Schneider warme Luft ins Ohr pustete.

Angewidert zog Schneider seinen Kopf weg und reichte dem Arbeiter, der noch neben ihm stand, einen Klemmordner, der dann gleich mit seinen neuen Instruktionen abzog und sich ein Grinsen nicht verkneifen konnte.

»Ich weiß«, antwortete Schneider unter Gänsehaut, dieser Organisationspunkt stand mit auf seiner Liste, die er von seiner Kollegin erhalten hatte, »ich kümmere mich darum«, ließ er ihn wissen und schenkte ihm keine weitere Beachtung. Er wollte diesem schwulen Tänzer nicht zu viel Aufmerksamkeit schenken, um ihn nicht noch mehr anzuheizen. Doch unbeirrt schlängelte sich John-Paul geschmeidig um Schneider herum, wobei er seine Hand auf seiner Schulter ruhen ließ. Mit aufreizendem Augenaufschlag blickte er Schneider an, der verlegen nach einem anderen Blickfang suchte. »Ich würde das ganz gerne vor Ort klären«, sagte er langsam in seichter Stimmlage und verzog seine Lippen zu einem Kussmund und schnurrte dabei wie ein geiler Tiger.

Schneider schluckte hart. »Später«, antwortete er gedämpft und spürte, wie die Gänsehaut seinen Nacken herauflief. Plötzlich spürte er eine weitere Hand auf seinem Gesäß, die kräftig zupackte. Sofort trat Schneider einen Schritt zurück und erhob drohend seine Hände. Er merkte sehr wohl, wie die umstehenden Männer ihre Blicke auf sie gerichtet hielten und sich nur mit Mühe ernst halten konnten. »Finger weg«, mahnte Schneider in seiner gütigen Art, dann wandte er sich schnell ab und stürzte zurück an den Schreibtisch, wo seine Kollegin gerade in ihr Notebook vertieft saß.

Anklagend zeigte Schneider mit ausgestrecktem Arm in John-Pauls Richtung. »Haben Sie mir den Mann mit Absicht auf den Hals gehetzt?«, schimpfte er gedämpft, um kein Aufsehen zu erregen.

Nur gemächlich schenkte Dana ihrem aufgeregten Kollegen ihre Aufmerksamkeit. »Welchen Mann?«, tat sie unwissend.

Schneider atmete schwer. »John-Paul«, entgegnete er scharf, seine Gesichtszüge entglitten dabei angewidert, »kann der nicht seine Finger bei sich behalten?«

Uninteressiert senkte Dana wieder ihren Blick. »Hat er Ihnen eingeheizt?«, schmunzelte sie zynisch und geistesabwesend und genoss ein wenig Schneiders unheimliche Begegnung mit der abnormen Gattung Mensch.

»Eingeheizt?«, stieß Schneider fassungslos mit fester Stimme aus, »ich habe Gänsehaut.« Er rieb sich die Arme und in diesem Moment sehnte er sich nach seiner grauen Strickjacke, die ihn sonst schützend umhüllte.

Bei Dana wurde ein erhebendes Gefühl geweckt. Zum ersten Mal zeigte sich Schneider wütend und schimpfte mit kräftiger Stimme. Wenn das hier schon die letzte Vorstellung der Partyagentur Wingert sein sollte, so zeichnete sich zumindest ein kleiner Erfolg ab. Schneider schien sich so allmählich zu einem starken Mann zu formen. »Vor Ekel oder Erregung?«, schob sie eine Frage nach, um ihn noch mehr anzuspornen.

Schneider rang nach Luft und warf seine Arme hoch. In dieser Situation glaubte er mehr Verständnis entgegengebracht zu bekommen. Glaubte er das wirklich? Er gab auf. »Wem erzähl ich das? Sie sind ja keinen Deut besser«, hielt er ihr vor.

Mahnend schnalzte Dana mit der Zunge. »Aber hübscher«, spöttelte sie. Plötzlich sah sie John-Paul auf ihren Schreibtisch zusteuern. »Feind naht«, warnte sie ihren Kollegen, der entsetzt über seine Schulter blickte und sich sofort hinter den Schreibtisch verschanzte und Schutz hinter seiner Kollegin suchte.

Schlüpfrig und gereizt wich John-Paul einigen Bauarbeitern aus, die wohlweißlich mit Absicht ihm den Weg erschwerten, was ihm nicht verborgen blieb. Dramaturgisch stützte er seine Hände in die Hüften, sah diesen ungehobelten Männern hinterher, und eierte schließlich mit erhobenem Kopf weiter. »Proleten«, schimpfte er und warf Dana einen bösen Blick zu, auf die er zielstrebig zusteuerte.

Um zu verhindern, dass sich John-Paul noch mehr an Schneider erhitzte, erhob Dana sich gleich von ihrem Stuhl und verwehrte ihm den Zugang. Für heute hatte Schneider genug gelitten, zumal mochte sie gar nicht daran denken, Schneider am Angelhaken des homophilen Casanovas zappeln zu sehen. Widerstrebend musste sie sich schütteln bei diesem Gedanken. Sofort fasste sie den angefachten Tänzer am Arm und steuerte ihn vom Schreibtisch weg. John-Paul renkte sich fast den Hals aus, als er versuchte, über seine Schulter noch einen Blick von seinem Objekt der Begierde zu erhaschen.

»Dieser Knabe macht mich wahnsinnig«, stöhnte er lüstern.

Ungeachtet seiner Worte schaute Dana auf ihre Uhr und blickte den Schmalspurcasanova maßregelnd von der Seite an. »Wir haben nicht den ganzen Tag Zeit für dich«, gab sie ihm unmissverständlich zu verstehen,

»mir wäre lieb – wenn du deine sexuellen Bedürfnisse privat und nicht während der Arbeitszeit befriedigen würdest.« Mit einem kleinen Schups gab sie dem warmen Bruder einen Drall in die richtige Richtung, dann wandte sie sich um und marschierte zum Schreibtisch zurück, wo ihr Kollege Schutz suchend hinter ihrem Notebook abgetaucht saß, wie ein Soldat im Schützengraben. Leichtes Mitgefühl überfiel Dana, als sie ihren Kollegen betrachtete, der angsterfüllt über den Laptop schaute, aber andererseits musste er lernen, sich durchzusetzen. »Er ist weg«, eröffnete sie ihm, wobei ihr Augenmerk auf Schneiders Schulter fiel, »Sie haben Lippenstift am Hemd«, bedeutete sie und zeigte mit ihren Fingern auf die Stelle an seinem Hemdkragen.

Entsetzt richtete er seine Augen auf die besagte Schulter und fiel mit schmerzverzerrtem Gesicht zusammen. »Oh nein«, stieß er wehleidig aus, »Lippenstift – von einem Kerl, was sag ich meiner Mutter bloß?«, war seine Sorge.

»Sagen Sie ihr, es ist von mir«, riet Dana und zuckte gelassen mit der Schulter.

Verzweifelt griff sich Schneider ins Haar. »Sie und Ihre Sprüche«, wimmerte er zerstört.

Erst gegen 7 Uhr abends konnte Dana endlich ihren Wagen hinter dem Hotel einparken. Durch die fortgeschrittene Dunkelheit, konnte man von der wohligen Wärme, die die Sonne den ganzen Tag über spendete, nichts mehr spüren. Trotz der vielen Arbeit, die kein Ende zu nehmen schien, blieb Dana gelassen, auch wenn die Dekorationsfirma erst am späten Nachmittag angerückt war, und dadurch bedingt, einige Baumaßnahmen lahm legte. Zwischendurch hatte Dana ein Pizzataxi anrollen lassen, um ihren ungezügelten Appetit zu befriedigen. Für ein normales und ausgiebiges Abendessen blieb gar keine Zeit und so schob sie sich während der Arbeit immer mal eine Ecke Pizza in den Mund. Schneider tat ihr gleich, ebenso auch ein paar Arbeiter, die den Abend mit Überstunden verbringen mussten. Als Bonus für die Sammelbestellung gab es drei Flaschen Rotwein gratis, die die Jungs großzügig Dana überließen. Jetzt stand sie endlich am Kofferraum ihres Wagens und holte ihre

Aktentasche hervor und zog den kleinen Einkaufkorb hinaus, den sie immer im Wagen mitführte und jetzt als Transportmittel für ihre Weinvorräte nutzte. Die Rotweinflaschen schlugen klirrend aneinander und luden regelrecht zu einem Umtrunk ein.

»Machen wir uns einen netten Abend?«, ulkte Dana und lachte Schneider erwartungsvoll an.

Missfällig verzog Schneider sein Gesicht. »Sie wollen ja nur, dass ich wieder geschwätzig werde.«

Sie verpasste ihrem Kollegen einen liebevollen Knuff am Arm. »Ach kommen Sie«, forderte sie ihn heraus.

Argwöhnisch rieb sich Schneider seinen Arm, den seine Kollegin berührt hatte, sagte aber nichts dazu. »Sind Sie denn gar nicht müde?«, fragte er stattdessen.

»Nein.« Sie schlug den Kofferraumdeckel zu. »Ich bin so in Fahrt, ich muss erst langsam mein Level runterfahren.«

Gedankenvoll blickte Schneider nach oben und betrachtete die Fenster, hinter denen ihre Zimmer steckten. Der Gedanke, wieder in ihrem Zimmer zu sitzen, behagte ihm gar nicht. Der Tag war schon zu genüge mit skurrilen Ereignissen behaftet, so dass er auf weitere, die möglicherweise Dana für ihn noch auf Lager hielt, keinen Atem mehr aufbrachte. Auch wollte er nicht schon wieder aus dem Nähkästchen plaudern. »Tut mir leid«, lehnte er höflich aber bestimmt ab, »ich möchte nicht.«

Dana begegnete seiner Ablehnung mit gemischten Gefühlen. Einerseits mit Enttäuschung, aber auch mit Zufriedenheit. Schneider bewies in diesem Moment Stärke und Entschlossenheit, was sie honorierend anerkannte. So unternahm sie gar keinen zweiten Versuch ihn zu überreden und entschied, alleine auf dem Zimmer noch ein Glas zu trinken. Proviant besaß sie ja genug dafür. Mit ihrem Korb voll Wein und der Aktentasche bewaffnet, suchte Dana ihr Zimmer auf, nachdem sie Schneider beim Passieren seiner Zimmertür mit einem lässigen »Ciao« verabschiedet hatte. Schnell verstaute sie ihre Sachen auf einem Sessel und ließ sich wenig später mit einem Glas Wein auf ihr Bett sinken. Mit ausgestrecktem Arm langte sie nach dem Radiowecker und schaltete ihn ein. Mit der Funktionstaste suchte sie nach einem bestimmten Sender, den sie gerne hörte, der überwiegend Rockmusik spielte, die sie am liebsten hörte. Dann lehnte sie sich entspannt gegen das Kopfteil ihres Bettes und ließ den Tag Revue passieren. Ihr Gesicht verzog sich zu einem breiten Grinsen, als sie an die erste Begegnung zwischen Schneider und John-Paul denken musste. Bei diesem Gedanken leerte sie ihr Glas und stellte es auf das Nachtschränkchen. Schleppend wälzte sie sich von der Bettkante und verzog sich ins Bad. Sie stellte sich kurz unter die Dusche, danach schlüpfte sie in ihr dünnes Nachthemd und zog den Bademantel über. Ihre nassen Haare föhnte sie nur kurz an. Sie hatte es eilig, weil sie noch ein paar Minuten mit ihrer Tochter chatten wollte. Wenig später saß sie, mit ihrem Glas in der Hand, schon an dem kleinen Tisch und fuhr den Rechner hoch.

Zur selben Zeit.

Schneider wollte sich erst gar nicht lange aufhalten und schnell unter die Dusche huschen, doch da klingelte das Haustelefon. Knapp meldete er sich mit »Schneider« dann erklärte ihm der junge Mann von der Rezeption, dass eine junge Dame in der Bar auf ihn wartete und dringend etwas mit ihm etwas besprechen wollte. Verblüfft legte Schneider wieder auf. Wer nur konnte diese geheimnisvolle Unbekannte sein? Dann kam ihm eine Idee. Sicher versuchte Dana ihn in die Bar zu locken, um ihr Level zu senken. Vorsichtig schlich er an die Zwischentür und horchte. Das Radio plärrte. Komisch, wunderte sich Schneider und klopfte vorsichtshalber an. Keine Rückmeldung. So vermutete er, dass Dana vergaß es auszuschalten, als sie das Zimmer verließ. Unschlüssig stand er vor der Tür, überlegte, was er tun sollte, dann marschierte er zur Zimmertür, schnappte sich den Schlüssel vom Schränkchen und verließ den Raum, um der Sache auf den Grund zu gehen, und ein kleiner Schlummertrunk konnte ja auch nichts schaden.
    Wenig später traf er im Bistro ein, welches er durchschreiten musste, um nach einer scharfen Rechtskurve in die Bar zu gelangen, und schon stand er am Anfang der langen Theke. Mehrere Gäste saßen an den

kleinen Tischen auf gemütlichen Clubsesseln. Das Licht war sehr dezent gehalten und strahlte eine intime Stimmung aus, die von seichten Piano- klängen untermalt wurde, was bei Schneider Unwohlsein auslöste. Auch hielten sich in solch dunklen Gefilden gerne Ganoven auf, um ihre zwielichtigen Geschäfte abzuwickeln. Schneider schüttelte all diese Gedanken ab und hielt Ausschau nach seiner Kollegin. Was sollte ihm hier in der renommierten Hotelbar schon zustoßen? Plötzlich winkte ihm eine ziemlich aufgetakelte Frau zu, die an der Bar saß. Verunsichert blickte Schneider um sich, um sicher zu gehen, dass niemand anderes neben ihm stand, der gemeint sein konnte. Er stand alleine in der Gegend rum, und so näherte er sich der Bar und wagte die Dame anzusprechen.

Es verging eine Menge Zeit, bis sich Dana wieder von ihrer Tochter verabschiedete. Zum zweiten Mal hatte sie schon ihr Glas gefüllt, als sie den Rechner ausschaltete und die Flasche samt Glas auf dem Frisiertisch abstellte. Sie schlug mit Schwung ihre Bettdecke weit auf und wollte sich gerade aufs Bett werfen, um noch ein klein wenig zu lesen, da wurde sie von einem heftigen Pochen an der Zwischentür unterbrochen.

»Es ist offen!«, rief sie und wurde Zeuge, wie Schneider ohne jeden Anstand die Tür bis zum Anschlag aufriss und eintrat. Hinter seinem Rücken zog er eine Flasche Rotwein hervor.

»Haben Sie Ihre Meinung geändert?«, sagte sie etwas überrascht und wunderte sich über sein eigenartiges Benehmen.

Mit langsamem Kopfschütteln kam Schneider ins Zimmer geschlendert und deutete auf das Geschenkband, das um den Flaschenhals zu einer Schleife gebunden hing.

»Oh«, stieß Dana erstaunt aus, wobei es ihr kaum gelang, ihre Ver- zückung zu verbergen, »eine Verehrerin?«, mutmaßte sie verblüfft.

Zornig schob Schneider seine Brauen zusammen. »Nein«, presste er durch seine Zähne hervor, dann knallte er die Flasche auf den Tisch und ging auf seine Kollegin zu, »ein Verehrer«, sagte er mit diabolischem Blick und zog eine Postkarte aus seiner Hemdtasche hervor.

Eingeschüchtert trat Dana ein paar Schritte zurück und blieb schließlich am Hocker ihres Frisiertisches hängen und ließ sich dort gezwungenermaßen nieder. Wütend hielt Schneider ihr die Karte vor die Nase, die eine Person in einer unsittlichen Pose zeigte. Dana kannte diese Karte. Eine Autogrammkarte von John-Paul, die ihn völlig entblößt, positioniert auf einem roten Kanapee zeigte. Seinen Penis hatte er zwischen die Beine geklemmt und sah so aus wie eine Frau. Auf dem Kopf trug er eine Langhaarperücke mit einem Federbusch, und von seinem Hinterteil aus legte sich ebenfalls eine lange, bunte Feder über seine Brust, damit sein nicht vorhandener Busen verdeckt blieb, der ihn als Mann outete.

»Wo haben Sie die her?«, fragte Dana beängstigt nach.

Schneider tippte auf das Foto. »Von ihm«, antwortete er und flößte seiner Kollegin mächtig Respekt ein, die sich angsterfüllt an den Hals fasste, als er sie mit wirren und gespenstigen Blick anstarrte. »Er hat mich als Frau verkleidet in die Bar gelockt«, presste er durch seine gebleckten Zähne und beugte sich langsam zu seiner Kollegin vor, die schon mit dem Rücken gegen den Frisiertisch lag, »ohne seinen englischen Akzent habe ich ihn erst gar nicht erkannt.«

Mit geducktem Haupt rutschte Dana von dem Hocker und erhob sich, wobei sie gleich einen großen Schritt zurücktrat, um Abstand von ihrem Kollegen zu erlangen. Sie bemerkte sehr wohl seinen angetrunkenen Zustand. Der Grund warum er plötzlich so mutig vor ihr stand.

Mit nachdrücklichem Blick stand Schneider vor ihr. »Sie haben mich an der Nase herumgeführt«, kritisierte er scharf und voller Zorn, »Sie wissen sehr wohl, was diese Showtanzgruppe jedes Jahr abzieht.« Angewidert verzog er sein Gesicht und schleuderte John-Pauls Autogrammkarte durchs Zimmer, die vor Danas Bett segelte. »Es sind nicht nur Schwule in der Truppe, sondern auch Transsexuelle, die überwiegend nackt über die Bühne hopsen.«

»Okay – ich gebe zu, ein paar Details verschwiegen zu haben, um den Auftrag über die Jahre zu erhalten.« Gleichgültig und ohne Reue verschränkte Dana ihre Arme. »Na und?«

»Das ist doch nur die halbe Wahrheit«, sagte er ihr auf den Kopf zu, worauf Dana eingeschüchtert schluckte und mit ansehen musste, wie ihr Kollege auf den Frisiertisch zuwankte, sich das umgestülpte Glas neben ihrer Weinflasche schnappte und sich einfach bediente. Er grunzte währenddessen ungehalten und kippte den Wein in einem Zug hinunter. Angespannt schaute sie ihm zu und überlegte, wie weit Schneider informiert sein konnte.

»Sie«, fuhr er anklagend fort, »haben Schank den Vorschlag unterbreitet, den Showakt auf seine eigene Kappe zu nehmen, damit er nicht im Auftrag erscheint.«

Hier merkte Dana, dass ihr Alibi sich in seine Bestandteile auflöste. »Wer behauptet das?«, verlangte sie zu wissen, um den Verräter zu ermitteln.

»John-Paul«, nannte er gedehnt und besonderer Bedeutung den Namen seines Informanten und griente überlegen, »Sie sind eine Lügnerin«, bezichtigte er seine Kollegin.

»He!«, mahnte Dana mit drohendem Finger, »das geht zu weit.« Sie überlegte, wie sie ihr Handeln begründen konnte. »Ich gebe zu, mich einem diplomatischen Schachzug bedient zu haben, um ein Megaevent an Land zu ziehen. Ich habe dabei nur an das Wohl der Firma gedacht. Was ist dabei?« Erregt warf sie ihre Arme hoch, während Schneider erneut nach ihrer Flasche griff und feststellte, dass sie leer war. Wankend steuerte er auf den Tisch zurück und bediente sich an seiner eigenen Flasche. »In der Politik werden ständig solche Verträge ausgehandelt«, verteidigte sich Dana unterdessen, »und am Ende kann jeder damit gut leben.«

Mit einem zynischen Lachen prostete Schneider seiner Kollegin zu. Sein Glas schlenkerte er dabei unkontrolliert herum, dass es fast überzuschwappen drohte. »Glauben Sie, dass Sie mit diesem Argument Wingert milde stimmen können?« Er musste nach diesem Satz aufstoßen.

»Ja«, entfuhr Dana, »weil es ausnahmsweise die Wahrheit ist.«

»Mag sein«, hielt er für möglich und schaute sie glasig an, »dass Wingert Gnade walten lässt.« Wieder setzte er sein Glas an. »Aber den Auftrag sind Sie los.«

»Das war mir von vornherein schon klar«, presste sie wütend hervor und wanderte zum Tisch und griff hasserfüllt nach Schneiders Flasche, »als ich erfuhr, dass Sie mitkommen, war ich schon auf alles gefasst.«

Nachdenklich und mit entgleisten Gesichtszügen schaute Schneider seine Kollegin an, die gerade seine Flasche in der Hand hielt. »He!«, herrschte er sie an, »das ist meine!«, gab er ihr klar zu verstehen und entriss sie ihr.

In ihrer Aufregung, die Schneider mit seinen Vorwürfen entfachte, griff sie kurzentschlossen in den Korb auf dem Sessel und nahm sich eine Flasche aus ihren eigenen Beständen vor. Hastig drehte sie den Verschluss ab und warf ihn unachtsam herum. Sie machte sich erst gar nicht die Mühe, ihr Glas zu holen, und genehmigte sich gleich einen kräftigen Schluck aus der Flasche. Sie atmete tief durch und grinste dann niederträchtig und überlegen zurück. »Und wenn ich ganz ehrlich bin – wollte ich die Gelegenheit nutzen, um Sie zu kompromittieren.«

Abfällig und mit wackliger Haltung schnaubte Schneider, setzte sein Glas an und trank es leer. »Jaa, das sieht Ihnen ähnlich, aber leider wird für Sie nichts daraus – ich werde mir die Schweinerei nämlich nicht anschauen«, lallte er und goss wieder ein, wobei er ein Auge zukneifen musste, weil er schon doppelt sah, »ich sollte auf der Stelle nach Hause fahren.«

»Ja, tun Sie das«, bekräftigte Dana seinen Entschluss und musste spöttisch grunzen, als sie ihm in sein angewidertes Gesicht sah, »gehen Sie zu Mama und heulen Sie sich in ihrem Schoss aus.« Sie nahm einen kräftigen Schluck aus der Pulle. »Ich werde das Ding auch ohne Sie durchziehen«, gab sie ihm unmissverständlich zu verstehen.

»Ich habe.« Er brach den Satz kurz ab und musste rülpsen. »Auch nichts anderes von Ihnen erwartet – ich weiß gar nicht, wie ein Mensch so anstandslos sein kann.«

»Was haben Sie nur für ein Problem damit?«, zischte sie zurück.

»Es ist widerlich, diskriminierend und sexistisch. Diese Typen verkaufen ihren Körper«, gackste er ihr entgegen und setzte wieder sein Glas an, leerte es zur Hälfte.

»Ich versteh Ihre Aufregung nicht«, verstand Dana ihren Kollegen nicht, »es ist ein Job – womit sollen sie sonst ihr Geld verdienen?«

»Ha!«, stieß Schneider mit erhobenen Glas aus, »genau das ist es, diese armseligen doppelgeschlechtigen Kreaturen verkaufen neben ihrem

Körper auch noch ihre Seele, und Sie.« Anklagend zeigte er mit dem Finger auf Dana, die dicht vor ihm stand. »Schauen auch noch sensationslustig dabei zu.« Leicht orientierungslos schaute Schneider sich um, dann fuhr er mit betretener Miene fort, wobei Mitleid in seiner Stimme schwang. »Es ist erniedrigend und absolut entwürdigend«, schimpfte er und musste dabei mit seiner schweren Zunge kämpfen, »ich weiß gar nicht, was ich schlimmer finde, diese armseligen Geschöpfe oder die Leute, die hemmungslos zuschauen.«

»Nu kommen Sie mal von Ihrem Spießbürgerthron runter, wo ist Ihre Toleranz?«

Angeekelt suchte Schneider nach Worten. »Die ist mir abhanden gekommen, als John-Paul versucht hat, mich eben anzumachen.«

»Was hat er schon Schlimmes angestellt?«, verharmloste Dana, »er mag Sie halt.«

Schneider schüttelte sich vor Ekel und kippte sein Glas runter, als sei Wasser drin. »Hören Sie bloß auf mit dem, um den werde ich in Zukunft einen großen Bogen machen.« Mit entgleisten Gesichtszügen befüllte er sein Glas erneut und nahm einen Mundvoll. »Das muss man sich mal vorstellen«, stieß er aufgewühlt aus und versuchte Herr seiner Zunge zu bleiben, »dieser Kerl hat mich angemacht – in Frauenklamotten – vor allen Leuten.«

»Er wollte Ihnen halt besonders gefallen«, foppte Dana ihren Kollegen und musste trotz allen Vorwürfen, die sie sich gefallen lassen musste, ein Schmunzeln unterdrücken.

Nur widerstrebend würgte Schneider seinen Wein herunter. »Ich stehe aber nicht auf Männer«, stammelte er.

»Woher wollen Sie das wissen? Haben Sie einen Vergleich?«

Angeekelt stieß Schneider einen Laut aus. »Dieser Lüstling hat mich geküsst, das war schlimm genug«, konterte er und trank das Glas leer und füllte es gleich wieder, verzweifelt schüttelte er seinen schweren Kopf und suchte nach Worten, »mehr möchte ich mir gar nicht vorstellen müssen.«

»Na und, er hat Sie geküsst«, verstand Dana seine Aufregung nicht, »haben Sie ihm gesagt, dass Sie es nicht wünschen?«

»Ich habe es versucht.« Aufgelöst schwankte Schneider tapsig umher, der Wein hatte seine Motorik erheblich beeinträchtigt. »Aber er ließ nicht locker.«

Dana rollte über seine Unbeholfenheit ihre Augen. »Sie hätten ihm energisch auf die Finger hauen sollen.«

»Ich wollte kein Aufsehen erregen, es war mir äußerst unangenehm, neben einem Mann in Frauenkleidern zu sitzen.« Hastig kippte er einen kräftigen Schluck Wein hinunter, dann wandte er sich ab und wanderte gebrechlich umher.

Neugierig schaute Dana ihren Kollegen hinterher. »Und weiter?«, hakte sie nach, gefolgt von einem großen Schluck Wein, den sie immer noch aus der Flasche trank.

»Ich konnte mich nur mit einer Notlüge retten«, fassungslos betrachtete er sein Glas, »und das mir«, stieß er kraftlos aus.

»Der liebe Gott wird es Ihnen schon nachsehen.«

»Lästern Sie nicht«, verbat sich Schneider, »Sie haben ja keine Ahnung, was ich mir danach anhören musste«, wehklagte er und trank sein Glas leer und füllte den Restwein aus der Flasche nach, »er versuchte mir seine sexuellen Vorlieben schmackhaft zu machen.« Aufgewühlt stellte er die Flasche ab und peilte sie mit verklärtem Blick an. »Diese perverse Schwuchtel gehört eingesperrt«, platzte es unbeherrscht aus ihm heraus.

»Meine Güte«, stöhnte Dana, »er hat Ihnen seine Aufwartung gemacht, Sie werden es überleben – Millionen Frauen stehen das täglich durch – haben Sie einer Frau noch nie Avancen gemacht?« Sie sah ihren Kollegen an, der unmittelbar vor ihr stand und sie mit verschleiertem Blick anstarrte. »Nein«, dementierte sie gleich mit bitterem Zynismus, »Sie nicht. Sie würden einer Frau niemals zu nahe kommen, lieber warten Sie darauf, dass der liebe Gott Ihnen eine aus den Rippen schneidet.«

»Spotten Sie nicht!« Mit zittrigen Händen kippte Schneider sein Glas hinunter. »Sie sind gemein und gefühlskalt.«

»Nein«, sagte Dana ruhig und stellte ihre Flasche ab, »ich bin ehrlich. Sie sind verklemmt, prüde und absolut langweilig«, hielt sie ihm vor.

Schneider sah sie bloß mit trübem Blick an, stand da, wie festgewachsen.

»Gehen Sie doch mal aus sich heraus«, fuhr Dana fort und ließ ihm eine abfällige Geste zuteil werden, »der liebe Gott hat Ihnen einen Körper geschenkt, benutzen Sie ihn. Zeigen Sie mir, dass Sie ein Mann sind.« Sie breitete einladend die Arme aus. »Bedienen Sie sich.«

Schneider schluckte hart und beäugte mit trübem Blick sein leeres Glas.

»Was ist?«, provozierte sie ihn weiter, »reißen Sie mir die Klamotten vom Leib«, forderte sie ihn auf.

Schneider prustete und starrte sie an.

Langsam und tiefgründig löste Dana den Knoten vom Bademantel und klaffte das Revers auf, ganz langsam, wobei sie lasziv ihre Lippen benetzte. Für einen Moment klebten Schneiders Blicke an ihren Brüsten, die sich am Nachthemd abzeichneten, das nur von zwei dünnen Spaghettiträgern gehalten wurde. Er brauchte nicht viel Fantasie, um sich vorzustellen, was dahinter steckte, dann schüttelte er sich besonnen. Doch Dana gab nicht auf und fuhr mit ihrer Hand in den tiefen Ausschnitt ihres Nachthemdes und massierte ihre Brust.

Mit leichtem Schwindel schluckte Schneider einen Kloß herunter und floh.

»Ja, kriechen Sie in Ihre Höhle«, rief sie ihm höhnisch hinterher, »Sie sind nicht nur nicht schwul, Sie sind nicht einmal hetero!«

An der Tür schaute Schneider noch mal über seine Schulter. Seine Augen sannen nach Rache, als seine Kollegin mit der Flasche in der Hand ihm spöttisch zuprostete und ihren Bademantel von einer Schulter zog. Sie musste lachen, als er die Tür zuzog und sich wieder verbarrikadierte. »Armer Irrer!«, murmelte sie und zog ins Bad ab, wobei sie die Flasche Wein im Vorbeigehen auf dem Frisiertisch abstellte.

Schnaufend stand Schneider noch eine Weile an der Tür gelehnt, sein Oberkörper wankte dabei, den er versuchte unter Kontrolle zu halten. Dieses verständnislose Miststück, durchfuhr ihn ein böser Gedanke, der sollte ich eine Lektion erteilen. Mit Hass erfüllt stolperte er leicht orientierungslos Richtung Bad, dann stoppte er abrupt ab und beäugte seine Flasche Rosewein auf seinem Frisiertisch, die ihn jungfräulich anblinzelte. Mit halb zugekniffenen Augen schaute er über seine Schulter zur Tür. Dir werd ich's zeigen, schwor er sich und wankte ins Bad.

Dana stand vor dem großen Spiegel im Bad und betrachtete sich genau. Mit einem schweren Seufzer überkam sie die Erkenntnis, auch sie blieb von den Spuren des Weines nicht verschont. Sie spülte ihr Gesicht mit kaltem Wasser ab, um ihre Hautzellen zu stimulieren, das half bei ihr immer, wenn ihr Teint blass erschien. Dann bürstete sie sich nochmals durchs Haar und entschied, ihre Haut noch mit einer Feuchtigkeitscreme zu versorgen.

Müde setzte sich Dana wenig später auf ihr Bett und stellte mit ein paar geschickten Handgriffen die Weckfunktion des Radios ein und drehte die Musik etwas lauter. Die Anfangstakte von Bon Jovi, »It's my life«, ertönten, was sie dazu beflügelte, noch mal aufzustehen und sich noch einen Schluck Wein zu gönnen. Sie tänzelte gerade vergnügt mit ihrem Glas in der Hand vor der Frisierkommode herum, als sich die Tür aufschob und Schneider im Bademantel im Rahmen stand, in einer Hand mit einer Flasche Wein bewaffnet, die er kurz ansetzte. Dann wankte er ins Zimmer.

Perplex stand Dana da und betrachtete ihren Kollegen argwöhnisch, der auf sie zugeeiert kam, eine Hand ausgestreckt und mit dem Finger anklagend auf sie zeigend.

»Sagen Sie nie wieder«, fing er mit schwerer Zunge an und kippte leicht zur Seite, dass er am Sessel Halt suchen musste, »ich sei ein Langweiler und prüde.« Er fing an, mit seiner freien Hand seinen Gürtel zu öffnen. »Ich werde Ihnen jetzt zeigen…«

»Da bin ich aber gespannt«, unterbrach Dana ihn gleichgültig und setzte sich auf den Hocker. Fast gelangweilt schaute sie ihren Kollegen an, der wacklig im Zimmer stand und mit dem Knoten seines Gürtels kämpfte. Teilnahmslos schlug sie die Beine übereinander und kreuzte lässig ihre Arme übers Knie, in einer Hand hielt sie ihr Glas fest.

Schließlich entschied Schneider, seine Flasche erst einmal zu leeren, und ließ sie dann an der Rückenlehne des Sessels hinabgleiten, so dass sie sanft auf die Sitzfläche landete. Nun versuchte er mit beiden Händen

den Knoten zu öffnen, wobei er wie ein altersschwacher Rentner, dem man seine Gehhilfe entzogen hatte, umhertänzelte. Dann endlich hielt er beide Strippen in seinen Händen und zog seinen Bademantel auf, unter dem er nur eine Unterhose trug. Angenehm überrascht betrachtete Dana dieses Wäschestück, das doch moderner aussah, als sie je vermutet hätte. Plötzlich ließ er seine Hüften kreisen, wobei er kurz nach der Sessellehne griff, um nicht zu stürzen, dann streckte er ihr sein Hinterteil zu und ließ es unter dem Schutz des Bademantels lasziv kreisen. Schlagartig wurde Danas Interesse geweckt, die sich sofort kurz erhob und die Musik etwas lauter drehte und den Hocker etwas vorzog, bevor sie sich wieder setzte. Mit heftigem Kopfschütteln brachte sie sich in Stimmung und feuerte ihren Kollegen mit begeistertem Jauchzen an. Angetrieben von ihren Anfeuerungen, beugte sich Schneider vor, was Dana schon etwas vermuten ließ, und sie behielt Recht. Plötzlich wedelte er mit seiner Unterhose herum und schleuderte sie durch den Raum. Ruckartig zog er seinen Bademantel wieder zu und wandte sich wieder nach seiner Kollegin um.

»Schade«, ächzte Dana, schon vorbei, doch da hatte sie sich getäuscht. Er kam auf sie zugeschlendert, wobei er erotisch seine Schultern abwechselnd vorschob und begehrlich seine Lippen schürzte. In dem Moment zeigte er sich konzentriert und standfest.

Nun wurde es Dana heiß und sie musste einen Schluck trinken. So eine Privatvorstellung wurde ihr noch nie geboten, wobei sie noch nicht einmal wusste, wie weit Schneider nun gehen würde. Es war ihr auch egal. Mental richtete sie sich schon mal darauf ein, dass er ihr jeden Moment das Nachthemd vom Leib riss und über sie herfiel. Von Neugier getrieben, spornte sie ihren Kollegen mit ermutigenden Schlachtrufen an. Dann stand er plötzlich dicht vor ihr und schaute auf sie hinab, er wankte leicht, wobei seine Hände im Genitalbereich den Bademantel zusammen-hielten, der sich in ihrer Augenhöhe befand. Dana musste hart schlucken, als sie ihn schwer atmen hörte und wartete gespannt, wie es weiterging. Schneider sollte sie nicht enttäuschen. Er trat einen Schritt zurück, legte eine Halbdrehung hin, wobei er leicht aus dem Gleichgewicht geriet, sich aber geschickt wieder fing, und in einem Bewegungsablauf seine

Schultern entblößte und seinen Bademantel gänzlich von den Schultern gleiten ließ und seinen Po mit langsamen, kreisenden Bewegungen hin- und herschwang.

Dana pustete und fächelte sich mit der flachen Hand Luft zu. Bedauernd nahm sie hin, nicht vorbereitet zu sein. Zu gerne hätte sie ihm jetzt einen Geldschein zwischen die Backen geschoben, die sich ihr taufrisch präsentierten. Von seinen Reizen angetörnt, streckte sie ihren Arm aus, wenigstens wollte sie die Festigkeit seiner Früchte testen. Sie wollte gerade zulangen, da drehte sich Schneider hastig um. Aufgeschreckt scheute Dana zurück und kippte rückwärts vom Hocker und landete vor der Frisierkommode. Der Schluck Wein in ihrem Glas wurde mit Höchstgeschwindigkeit gegen das Möbelstück geschleudert und rann an den kleinen Türen herunter. Zum Glück hatte sie das Glas geistesgegen-wärtig festgehalten, so dass es unbeschadet blieb. Eine kurze Zeit lang blieb Dana regungslos auf dem Boden sitzen, musste erst einmal die Geschehnisse realisieren. Dann blieben ihre Blicke an Schneiders nackten Beinen hängen, die regungslos von ihrem Bett herunterhingen. Vorsichtig stellte sie das Glas auf dem Boden ab und kroch zu ihrem Kollegen, der bewegungslos nur dalag, dann zog sie sich am Bett hoch und begutachtete den leblosen Mann, der, so wie Gott ihn erschuf, mit dem Rücken auf ihr Bett gestürzt lag und leblos liegen blieb. Seine Arme ruhten ausgestreckt neben ihm und seine Manneskraft hing schlaff zwischen seinen Beinen.

Vorsichtig und mit einer Portion Angst im Nacken, beugte sich Dana über ihren Kollegen. »Herr Schneider«, rief sie und tippte ihn sacht an. Keine Reaktion. Oh scheiße, fuhr es ihr panisch durch den Sinn, hoffentlich stirbt der nicht in meinem Bett. Sie suchte schon nach plausiblen Erklärungen, warum Schneider in ihrem Bett verendete, in diesem Zustand. Wingert würde sie umbringen. Schnell stellte sie die Musik ab und kniete sich auf dem Bett neben ihrem Kollegen und schüttelte ihn heftig. Doch Schneider zeigte keinerlei Vitalzeichen. Dann fühlte sie nach seiner Halsschlagader und registrierte erleichtert einen Puls. Schnell sprang sie vom Bett und zog mit aller Kraft an seinen Armen und versuchte ihn aufzurichten. Aber der Mann erwies sich als bleischwer. Plötzlich wälzte er sich zur Seite und zog seine Beine an, suchte benommen nach einem Kissen und murmelte etwas Unverständliches. Er zog sich hoch bis ans Kopfteil und vergrub das Kissen unter sich und blieb auf dem Bauch regungslos liegen. Ratlos, aber erleichtert schaute Dana auf ihn nieder, nutzte die Gelegenheit, sich jeden Millimeter seinen Körpers einzuprägen. Er besaß einen sehr muskulösen Körper, sehr ästhetisch und wenig behaart, genauso, wie sie es liebte. Diese pelzigen Typen, die wie Affen aussahen, mochte Dana nicht. Wenn sie mit einem Mann im Bett lag, wollte sie nicht den Dschungel erobern und sich mit einer Machete vorarbeiten müssen. Sie stieß einen beherzten Seufzer aus und beschloss, ihn liegen zu lassen, und warf ihm die Bettdecke über und zog mit ihrer Flasche Wein, die noch einen kümmerlichen Rest barg, in Schneiders Zimmer. Als sie kurze Zeit später auf seinem Bett saß und den Abend Revue passieren ließ, musste sie kurz auflachen. Dann stellte sie den Wein auf der Nachtkommode ab und knuffte sein Kissen zurecht und stieß dabei auf einen harten Gegenstand. Die Bibel, vermutete sie, und zog tatsächlich ein Buch unter dem Kissen hervor. Sie lächelte, als sie die Biografie von Nelson Mandela in der Hand hielt. So kann man sich täuschen, betrachtete sie ihre Fehldiagnose mit Wohlwollen und legte das Buch auf der freien Betthälfte ab. Mit dem Kissen im Rücken setzte sie sich ins Bett und trank noch genüsslich ihren Wein zu Ende, dann tauchte sie ab und kuschelte sich ins Kissen und schlummerte mit dem leichten Hauch von Schneiders Aftershave, das am Bezug klebte, ein.

Der Wecker schrillte. Mit tapsigen Schlägen auf der Nachtkommode, suchte Dana nach dem lärmenden Ungeheuer. Ein trüber Blick verriet ihr 6.00 Uhr. »Dieser Wahnsinnige«, stöhnte sie und viel wieder ins Kissen. Vor neun brauchten sie nicht in der Firma zu sein, wozu stand er so früh auf? Sie war wieder eingedöst, als es an der Zimmertür klopfte. Dana brauchte eine Weile, um festzustellen, dass es sich nicht um die Zwischentür handelte. Schlaftrunken kroch sie aus dem Bett, schleppte sich zur Tür und öffnete sie einen Spalt weit. Ein junger Hotelangestellter stand vor ihr, mit einer Zeitung in der Hand. Verdutzt kontrollierte er die Zimmernummer.

84

»Wir haben die Nacht zusammen verbracht«, gab Dana vor und nahm dem verwirrten jungen Mann die Zeitung ab. Egal, was sie jetzt auch an Erklärungen abgegeben hätte, er hätte es sowieso geglaubt. Müde warf sie das Tagesblatt aufs Bett und wanderte ins Bad, sie musste sich erleichtern.

Gegen 7 Uhr wagte sie sich an die Zwischentür und horchte. Kein Muckser konnte sie vernehmen und so zog sie die Tür etwas auf spähte vorsichtig durch den Spalt. Sie wollte ihn nicht schon wieder in einer peinlichen Situation erwischen. Wie aufgebahrt lag Schneider in ihrem Bett und schlief. Sie schob die Tür ganz auf und schlenderte aufs Bett zu. Bevor sie ins Bad ging, fühlte sie Schneider die Stirn. Normaltemperatur konnte sie feststellen, aber um alle Bedenken auszuräumen, kontrollierte sie noch seinen Puls an der Halsschlagader. Seine Haut war kratzig vom starken Bartwuchs. Alles im grünen Bereich, konnte sie fachmännisch feststellen und betrachtete kurz den Helden. Seine Haare lagen wüst auf dem Kissen, als hätte er die halbe Nacht mit den Federn gekämpft.

Beruhigt zog sie schließlich ins Bad ab. Sie betrachtete sich eine Weile im Spiegel, bevor sie an sich Hand anlegte. Sie brauchte nicht lange, um sich in Form zu bringen, und war binnen kurzer Zeit fertig. Im Bademantel gehüllt schritt sie ins Zimmer zurück, wo Schneider immer noch selig schlummerte. Ein kurzer Blick zur Uhr verriet, dass jeden Moment ihr Wecker losschrillte. In der Zwischenzeit sammelte sie seinen Bademantel auf und suchte die Unterhose zusammen und stopfte sie in die Manteltasche. Dann warf sie den Mantel über einen Sessel.

Der Wecker surrte schrill und es dauerte, bis Schneider darauf reagierte. Unter wehleidigem Stöhnen tastete er nach der plärrenden Bestie, wobei sein schwerer Kopf schlaff über die Bettkante fiel. Plötzlich erfasste er eine Hand, die ihm zuvorgekommen war, und zwei schlanke Füße schoben sich unter seiner Nase. In Zeitlupe wanderten seine Blicke an einem weißen Bademantel hinauf, wo sich die Gestalt seiner Kollegin präsentierte. Sie verschränkte ihre Arme und blickte auf ihn hinab.

»Na, wieder fit?«, erkundigte sie sich mit ironischem Unterton und griente ihn hämisch an.

Schneider blinzelte zu ihr hinauf. »Was machen Sie hier?«, fragte er schläfrig und vom Alkohol immer noch berauscht.

»Ich wohne hier.«

Verstört versuchte Schneider unter starken Kopfschmerzen einen klaren Gedanken zu fassen und rollte zurück ins Kissen, wobei seine Hände auf der Brust landeten. Kritisch betastete er seinen nackten Oberkörper, dann wagte er einen vorsichtigen Blick unter die Bettdecke und fand seinen Körper in seiner schönsten Pracht vor. Hastig und verschreckt zog er sich die Decke über den Kopf. »Oh Gott«, stieß er laut aus, was für eine Schande, durchfuhren ihn seine Gedanken, »lass es nicht wahr sein!«, flehte er wimmernd, als ihm all seine Sünden wieder einfielen und er schlagartig seine Kopfschmerzen vergaß.

Amüsiert schmunzelte Dana. »Na, alles wieder da?« Sie zog den Hocker heran und setzte sich vors Bett. Ihre Hände ließ sie in den Schoß fallen.

»Schauen Sie mich jetzt an?«, winselte Schneider unter der Decke. Seine Stimme drang nur dumpf hervor.

»Natürlich«, antwortete Dana ruhig.

Vorsichtig und reumütig zog er die Decke bis an seine Augen hinunter, schaute aber an Dana vorbei. »Mir ist das so peinlich.«

Dana zuckte mit dem Mund und schmunzelte. »Mir hat's gefallen«, sagte sie, immer noch verzückt über seinen gewagten Auftritt.

Fortwährend wimmernd ließ Schneider seine Blicke suchend über die Bettdecke schweifen und mit jeder Sekunde fraß sich seine Beschämung tiefer in seine Seele, auf der nun ein großer schwarzer Fleck klebte. Schließlich fand er, wonach er suchte. »Ist das mein Bademantel?«, bedeutete er mit seinen Blicken auf einen Sessel. Verzweifelt griff er sich in sein wüst abstehendes Haar und ließ seinen Kopf ins Kissen fallen und zog die Decke bis an seine Augen. Er nahm gar nicht wahr, dass Dana lahm nickte und sich gleich erhob und auf das Kleidungsstück zuschritt.

Amüsiert kehrte Dana ans Bett zurück und schaute auf den Laien-Stripper nieder, der vor Scham fast zerfloss und mit der Moral kämpfte, die ihm so viel bedeutete.

»Sie müssen sich nicht schämen«, redete sie beschwichtigend auf ihn ein, worauf er verlegen über die Kannte der Bettdecke blinzelte, »Sie haben einen tollen Strip abgelegt«, fügte Dana hinzu, worauf Schneider sein Gesicht schmerzhaft verzog und die Decke über den Kopf zog. Trotz des Schallschutzes musste er mit anhören, wie seine Kollegin, immer noch beeindruckt, einen begeisterten Pfiff ausstieß.

Das wollte Schneider jetzt nicht unbedingt hören. Die Schande, die nun auf ihm lastete, ließ ihn laut aufheulen, wie ein Motor, der im Stand zu viel Gas bekam.

»Ich weiß gar nicht, was Sie haben?«, sagte Dana ungeniert und bereute nicht eine Minute des gestrigen Abends, »der liebe Gott hat Sie mit einem tollen Körper ausstaffiert, Sie haben einen wirklich prima Knackarsch.« Sie warf seinen Bademantel aufs Bett und lachte vergnügt über seine Kühnheit. »Erinnern Sie mich daran, dass ich Ihnen noch 50 Euro zustecke«, foppte sie ihn, worauf er wehleidig und bitterlich schluchzte. Dana erschrak vor seinem gefühlvollen Ausbruch. Sie hatte ihn wohlmöglich zu sehr überreizt. Jetzt musste genug sein, ermahnte sie sich selber. »Ich lasse Sie kurz alleine«, sagte sie dann einfühlsam und wanderte um ihr Bett herum, um im Bad zu verschwinden, da klopfte es an der Tür.

Aufgeschreckt setzte sich Schneider gerade auf. »Wer kann das sein?«, stieß er panikerfüllt aus und vergaß für einen Moment seine Scham.

»Wahrscheinlich schon das Zimmermädchen«, sagte Dana ruhig und schritt zur Tür, »ich schicke sie noch mal weg.« Bevor sie die Tür öffnete, warf sie noch mal einen Blick auf ihren Kollegen, der sein Gesicht in den Händen vergraben hielt, dann öffnete sie einen Spalt. »Kommen Sie....« Sie erschrak und brach den Satz abrupt ab. »Frau Wingert?«, stieß sie laut aus, um ihren Kollegen zu warnen.

»Guten Morgen«, grüßte Frau Wingert und erbat sich Einlass, den Dana ihr verwehrte. Sie dachte gar nicht daran, ihre Privatsphäre preiszugeben. Aber nur stotternd brachte sie einen Satz zustande.

»Was für eine Überraschung.«

»Wollen Sie mich hier draußen stehen lassen?«

»Ich bin noch nicht angezogen«, gab Dana ihrer Chefin zu verstehen.

»Das stört mich nicht«, konterte Wingert und schob ihre Angestellte einfach beiseite. »Oder sind Sie etwa nicht allein?« Ungeniert und von Neugier getrieben, trat sie einfach ein.

Ängstlich und nach einer Ausrede suchend, wanderten Danas Blicke zu ihrem Bett, die dort irritiert haften blieben. Das Bett war leer. Nur Schneiders Bademantel lugte über die zurückgeschlagene Decke hervor. Schnell legte Dana ihre coole Haltung auf. »Was Sie von mir denken«, spielte sie die Brüskierte und schaute sich suchend um, versuchte ihren Kollegen aufzuspüren, der wie verschluckt verschwunden schien. Die Zwischentür sowie die Badezimmertür standen noch offen, registrierte sie.

»Vermissen Sie was?«, riss Wingert sie ahnungsvoll aus den Gedanken.

Hastig wandte sich Dana nach ihr um, versuchte lässig zu wirken. »Nein«, sagte sie und fuchtelte nervös herum, »alles in Ordnung«, log sie und spähte durch die offene Tür, überlegte, ob Schneider den Sprint in sein Zimmer gewagt hatte, aber dabei hätte er riskiert, von Wingy erwischt zu werden. Aber wo sollte er sonst stecken?

Wingert erblickte die leere Flasche Wein auf dem Tisch, mit dem Geschenkband dran. Sie nahm die Flasche an zwei Fingern hoch. »Gab's was zu feiern?«, stellte sie wissensdurstig Nachforschungen an.

Aufgeschreckt starrte Dana ihre Chefin an. »Nein – nein, wir hatten gestern noch etwas besprochen und noch ein Glas getrunken«, schwindelte sie ihr vor und deutete unschuldsvoll auf die Flasche, die sie noch in der Hand hielt.

Mit analytischer Schärfe fingerte Wingert nach der zweiten Flasche, die im Sessel verweilte. »Und diese?« Ungewollt blieb ihr Blick auf dem kleinen Einkaufskorb hängen, der im Sessel stand, in dem noch eine vereinsamte Flasche lag und auf ihren Einsatz wartete.

Niedergeschmettert sackte Dana zusammen. »Na schön, es waren zwei Flaschen«, gab sie zu und zeitgleich mit Wingert erfassten ihre Blicke die dritte Flasche auf der Frisierkommode. Entwaffnend erhob Dana ihre Hand. »Okay, drei.«

Wingerts Blicke fuhren an der Kommode herunter. Sie deutete auf die Weinspuren, die an den Türen klebten. »Haben Sie hier ein Saufgelage abgehalten?«

»Nein!«, entgegnete Dana gereizt und nervös, »was wollen Sie hier?«, entfuhr ihr plötzlich.

Misstrauisch schaute Wingert ihre Angestellte an, die sonst so immer lässige, die nicht aus der Fassung bringen konnte. »Warum sind Sie so gereizt? Ich wollte eigentlich zu Herrn Schneider. Aber er öffnet nicht.« Sie blickte durch die offene Zwischentür. »Sie haben nicht zufällig eine Ahnung, wo er steckt?«

Dana riss ihre Arme hoch. »Woher soll ich wissen, wo Schneider ist?«

»Hätte ja sein können«, entgegnete sie ironisch, und als hegte sie einen Verdacht, schlenderte sie aufs Bett zu und zog einen Ärmel vom Bademantel hoch und schaute ihre Angestellte an, die sich schon eine Erklärung bereitlegte. »Zwei Bademäntel«, zeigte sich Wingert erstaunt.

»Na ja, man hat es wohl gut mit mir gemeint«, antwortete Dana und streifte sich eine Strähne aus dem Gesicht.

Energisch schob Wingert ihr Kinn vor. »Jetzt raus mit der Sprache, wo ist Schneider?«, forderte sie ungeduldig Klarheit.

Ratlos warf Dana ihre Arme hoch. »Ich weiß es nicht!«, entgegnete sie und hätte es selber gerne gewusst.

»Ich hoffe nicht, dass er mit einer Alkoholvergiftung im Krankenhaus liegt.« Sie verschränkte wütend ihre Arme. »Falls ja, mache ich Sie dafür verantwortlich.«

»Hey«, warnte Dana, »ich habe nichts verbrochen. Alles was Schneider getrunken hat, hat er aus freien Stücken zu sich genommen.« Sie erhob mahnend ihren Finger. »Ich kann Ihnen versichern, er liegt nicht im Krankenhaus.«

Ein ungläubiger Blick wanderte zur offenen Schiebetür. »Sie müssen doch bemerkt haben, wo er hin ist.«

Nervös schob Dana ihre Schulter hoch. Ihr Kinn zuckte. »Ich bin gerade erst aus dem Bad gekommen, wahrscheinlich duscht er noch.« Betreten und ratlos über Schneiders Verschwinden schaute sie zu Boden. Entsetzt riss sie ihre Augen auf. John-Pauls Foto lag noch immer vor ihrem Bett, mit der pikanten Seite nach oben. Langsam, ohne großes Aufsehen zu erregen, bückte sich Dana danach und hob die Karte auf. Doch Wingert blieb ihre Verlegenheit nicht verborgen, sie wollte schon neugierig nach der Karte greifen, doch Dana konnte sie geistesgegenwärtig in ihrer Manteltasche verstauen. Missbilligend legte sie einen ermahnenden Gesichtsausdruck auf.

»Um die Uhrzeit?«, zeigte sich Wingert erstaunt und kam wieder auf Kollege Schneider zu sprechen. »Ich hatte ihn für einen Frühaufsteher gehalten.«

Zappelig suchte Dana nach einer Erklärung. »Vielleicht ist er ja joggen«, hielt sie eine Möglichkeit bereit und rieb sich ratlos den Nacken, »oder nur frische Luft schnappen.«

Scharf nachdenkend, fixierte Wingert das Bad. Ihre Angestellte erschien ihr ziemlich aufgewühlt, als habe sie etwas zu verbergen. »Es macht Ihnen doch nichts aus, wenn ich mal Ihr Bad benutze.« Ohne zu zögern und ohne das Dana etwas dagegen unternehmen konnte, war Wingert hinter der Tür verschwunden.

Auf alles gefasst, faltete Dana ihre Hände und ließ ihren Kopf darauf niedersinken und wartete auf den Aufschrei, wenn ihre Chefin Schneider nackend vorfand.

»Petry«, hörte sie plötzlich Schneiders aufgeregte Stimme und sah, wie sich eine Hand unter dem Bett erstreckte, »helfen Sie mir.«

Im Nu eilte Dana ihrem Kollegen zu Hilfe, der nach ihren Händen rang. Sie wunderte sich, wie er sich in der Eile unter den schmalen Spalt des Bettes quetschen konnte. Wahrscheinlich war er sanft, unter Mithilfe des Vorlegeteppich, unter das Bett geglitten, wo er jetzt drauf lag. Zum Nachdenken blieb ihr nicht viel Zeit. Hastig zog sie ihn samt Teppich unter ihrem Bett hervor und sah nur noch, wie Schneider im Sturzflug in sein Zimmer flitzte und in sein Bad flüchtete. Schnell rannte Dana hinterher und schob die Tür zu.

»Na«, wurde sie von Wingert aufgeschreckt, die beinahe über den Teppich gestolpert war, der zusammengekräuselt nun vor dem Bett lag, »haben Sie ihn gefunden?«, recherchierte sie unermüdlich weiter.

Mit aufgelegtem Pokerface drehte sich Dana nach ihr um. »Ja«, stieß sie überlegen in altbewährter, abgebrühter Manier aus, »wie ich schon vermutete – Schneider war frische Luft schnappen«, sagte sie kaltschnäuzig und schenkte dem Teppich, den Wingert kritisch beäugte und stutzte, keine Beachtung.

Wingert zeigte sich ungehalten. »Ich weiß nicht, was hier los war…«

»Frau Wingert«, unterbrach Dana sie gleich, »was hinter verschlossenen Türen geschieht, geht niemanden etwas an, Sie haben das immer respektiert – aber im Moment trampeln Sie ganz gehörig durch mein Privatleben.«

Bestimmt schaute Wingert auf ihre Uhr. »Ich warte auf Sie im Frühstücksraum. Ich hätte Sie gerne gesprochen. Beide.«

Als Wingert aufgebracht die Tür hinter sich ins Schloss warf, bereite sich Dana schon mal auf eine Menge Ärger vor, von dem sie glaubte, erst am Montag gegenüberzustehen. Ihre Blicke wanderten unwillkürlich zur Zwischentür, wobei sich ein Schmunzeln über ihr Gesicht legte, weil sie an die vergangene Nacht denken musste. Wenigstens hatte sich der Ärger gelohnt, trotz der Erkenntnis, dass sich ihr Rachefeldzug nicht ganz erfüllen würde, aber Schneider sie dafür anderweitig entschädigte.

Die Haut, in der Schneider momentan steckte, gefiel ihm überhaupt nicht. Niedergeschlagen saß er nun, nach einer ausgiebigen Dusche und fertig angezogen, auf der Bettkante und verharrte dort in wehleidiger Haltung. Sein Körper glich einem Wrack. Da waren die schrecklichen Kopfschmerzen, ein Überbleibsel des Rotweins und das schlechte Gewissen, wegen seines waghalsigen Auftritts. Wie konnte er sich nur so gehen lassen? Was würde man von ihm halten, wenn die ganze Sache an die Öffentlichkeit geriet? Was würden seine Eltern von ihm denken? Von seinen moralischen Werten verlassen und von zügelloser Unbesonnenheit zerrfleischt, wurden seine Gedanken von einem Klopfen und Rufen an der Zwischentür unterbrochen.

»Herr Schneider, sind Sie noch da?«, nahm er die Stimme seiner Kollegin wahr, worauf er mit einem leidvollen Brummen reagierte.

»Gehen Sie weg!«, rief er ihr erbarmungslos zu und verweigerte ihr den Zutritt, »ich will Sie nicht sehen.«

Unbeirrt seiner Worte schob Dana vorsichtig die Tür auf. Zum Glück hatte er vergessen, sie zu verriegeln.

Kraftlos sackte Schneider in sich zusammen und vergrub beschämt sein Gesicht in den Händen, als er seine Kollegin wahr nahm. »Warum lassen Sie mich nicht endlich in Ruhe?«, jammerte er unter seinen Händen hervor. Seine Stimme klang dumpf und verletzlich.

Langsam und stumm ging Dana auf ihren Kollegen zu. Ein wenig Mitleid kam in ihr auf, als sie auf die seelischen Überreste niederschaute. Ein Moment, der Dana sehr vertraut vorkam. Ihre Tochter Kim verfiel auch schon mal in tiefe Depression, wenn sie einen groben peinlichen Fehler begangen hatte. Dann waren psychologische Höchstleistungen und Fingerspitzengefühl gefordert, um sie wieder aufzurichten, damit sie ihre Selbstachtung wiederfand. Mit zunehmender Pubertät erwies sich diese Aufgabe als immer schwieriger, aber dennoch lösbar. Ratlos überlegte Dana. Schneider war kein pubertierender Teenager mehr, wie sollte sie hier nur vorgehen? Sie beugte sich hinab und versuchte einen Blick von ihrem Kollegen zu erhaschen. Beschämt kauerte sich Schneider noch mehr zusammen und drehte sich verweigernd ab.

»Herr Schneider«, sprach Dana ihn sanft an, »schauen Sie mich an«, flehte sie einfühlsam.

Trotzig schüttelte er seinen gesamten Körper. »Ich kann Sie nicht anschauen«, wimmerte er, »ich schäme mich so.«

»Es gibt keinen Grund.«

»Ohhhh, doch«, dementierte er mit bebender Stimme, »ich habe mich benommen wie John-Paul.« Verzweifelt fuhr er sich mit gebeugter Haltung durchs Haar. »Ich habe meine Würde verloren.«

»Das ist doch Blödsinn«, redete sie beschwichtigend auf ihn ein und setzte sich neben ihn, »Sie haben etwas über die Stränge geschlagen – na und. Das ist doch nicht schlimm«, sah sie es locker.

»Nicht schlimm?«, zeigte sich Schneider außer sich, »ich habe mich benommen, wie ein Perfider – was kann es Schlimmeres geben?«, klagte er sich selber an.

»Wenn Sie in meinem Bett gestorben wären«, servierte sie trocken, »ich hätte ein Menge erklären müssen.«

Schneider reagierte bloß fassungslos auf ihre abtrünnige Antwort und stieß einen zynischen Laut aus.

Um ihren Kollegen aufzumuntern, stieß Dana ihn kameradschaftlich mit ihrer Schulter an, worauf er mit einem Stöhnen antwortete und sich die Schläfen massierte. »Kopfschmerzen?« Er nickte stumm. Dana griff in ihre Jackentasche und zog eine einzeln verpackte Tablette hervor und hielt sie ihm vor. »Die können Sie ohne Wasser einnehmen, Sie brauchen sie nur kauen«, schob sie eine Kurzfassung der Packungsbeilage nach. Dieses Medikament war zu einem wichtigen Bestandteil in Danas Leben geworden. Uta litt auch schon mal unter Schädeltrauma, wenn mehrere Flaschen im Spiel waren. Ohne sie anzuschauen, nahm Schneider die Tablette an sich und versenkte sie in seiner Hemdtasche, dann richtete er sich auf, was Dana schon ein wenig hoffen ließ, dass er sich endlich fing, doch dann sprang er plötzlich auf und stürzte zum Fenster. Sofort eilte Dana ihm nach, um ihn von Schlimmerem abzuhalten, doch er hangelte sich nur an den Vorhang und so brach Dana ihren Rettungsversuch, ihn vor dem Sprung aus dem Fenster zu bewahren, ab.

»Was werden nur die Leute von mir denken?«, plagten ihn weitere Sorgen, die Dana an den Rand des Wahnsinns trieben. Nur mit tiefen durchatmen konnte sie ihre Beherrschung bewahren.

»Niemand weiß, was vorgefallen ist, außer uns beiden und ich werde niemanden was davon erzählen«, versicherte sie ihm.

»Schlimm genug, dass ich es weiß.« Er krallte sich fester an den Vorhang. »Wie soll ich jemals wieder jemanden aufrichtig in die Augen schauen?«

Sie näherte sich ihm vorsichtig und rüttelte ihn sanft am Ärmel. »Fangen Sie mit mir an – Sie werden sehen, alles ist nur halb so dramatisch – außerdem können Sie die Vergangenheit nicht rückgängig machen.«

Er atmete schwer. »Das geht nicht«, trotzte er schmollend, »ich konnte Sie noch nie anschauen«, wehrte er sich starrköpfig.

»Ach ja«, stieß Dana scharfzüngig aus, »dafür kennen Sie meine Augenfarbe aber ziemlich genau – auf jetzt!«, spornte sie ihn an, »Wingy möchte uns sprechen, und wenn wir uns nicht bald melden, wird sie die Polizei einschalten und nach Ihnen suchen lassen.« Bei diesem Satz fiel ihr der Ärger ein, der auf sie wartete, aber da musste sie nun durch.

»Was will sie überhaupt von mir?«, verlangte Schneider zu wissen.

»Sicher sein, dass es Ihnen gut geht.«

»Was wird sie von uns denken?«, überfielen Schneider neue Bedenken.

Erschöpft sackte Dana zusammen und breitete ihre Arme aus. »Sie weiß nicht, was vorgefallen ist.«

»Sie wird sich doch sicher was zusammenspinnen«, war sich Schneider sicher, »mein Bademantel hat auf Ihrem Bett gelegen – und die Tür stand offen.«

»Na und?«, stöhnte Dana gereizt, »wahrscheinlich wird sie daraus resultieren – wir haben eine Affäre.«

Entsetzt drehte sich Schneider hastig nach seiner Partnerin um. »Was?«, stieß er mit weit aufgerissenen Augen aus und starrte Dana fest an.

Triumphierend grinste Dana. »Na also, geht doch.«

Niedergeschlagen ließ Schneider wieder seinen Kopf hängen. »Sie sind unmöglich.«

»Ich weiß«, sagte sie salopp und knuffte Schneider am Arm, »na kommen Sie.« Sie wandte sich ab und schritt zur Tür vor, wartete ungeduldig.

»Glauben Sie – Wingert vermutet wirklich wir könnten...« Nachdenklich blieb sein Blick an seinem Bett hängen. »Eine Affäre haben?«

Dana zuckte mit ihren Schultern. »Keine Ahnung«, tat sie es gleichgültig ab, »ist doch auch egal.«

»Ihnen vielleicht, mir nicht – Man wird in der Firma über uns reden«, sorgte er sich.

»Wingert quatscht nicht über ihre Angestellten – sondern mit ihnen.«

Neue Sorgen wurden bei Schneider entfacht. »Dann muss ich mich auf peinliche Fragen gefasst machen?«

»Sie müssen ja nicht detailliert antworten.«

Hastig wandte er sich seiner Kollegin zu. »Sie glauben doch nicht, dass ich mir Ihren Stil aneigne?«

»Sie müssen gar nicht antworten, wenn Sie nicht wollen«, entgegnete Dana säuerlich, »was hier vorgefallen ist, ist einzig und allein unsere Sache.«

Hastig tippte sich Schneider auf die Brust. »Ich hätte es aber schon gerne richtig gestellt.«

»Bitte«, gestand sie es ihm zu, »wenn Sie sich diese Blöße geben wollen.«

Verzweifelt sackte sein Kopf ab. Wie sollte er ein Missverständnis aufklären, ohne dass er sich in Ausreden verstrickte? Wenn ihm schon an der Wahrheit gelegen war, musste er auch alles zum Besten geben. »Wahrscheinlich haben Sie Recht«, musste er eingestehen und steuerte mit gebeugter Haltung auf den Kleiderschrank zu und zog ein Jackett hervor. Er fühlte, wie seine Kollegin ihn dabei grüblerisch beobachtete.

Bei Dana stellten sich ein paar sorgenbereitende Gedanken ein. Schneider drohte gestern Abend an, nach Hause zu fahren – würde er darauf beharren, bekäme Dana ziemlichen Stress, neben den Vorwürfen, die Wingert ihr an den Kopf werfen würde. »Spielen Sie wirklich mit dem Gedanken, nach Hause zu fahren?«, stellte sie Nachforschungen an und erntete einen fragenden Blick.

Darüber hatte Schneider gar nicht weiter nachgedacht. Unschlüssig zuckte er mit den Schultern und grübelte einen Moment. »Ich werde meinen Verpflichtungen nachkommen«, sicherte er ihr zu, »den Showakt, werde ich mir aber auf keinen Fall anschauen«, gab er ihr unmissverständlich zu verstehen.

Dana nickte einverstanden und atmete innerlich auf und holte gleich zu einem Bittgesuch aus. »Ich hätte da noch eine Bitte«, fing sie kleinlaut an und erntete von ihrem Kollegen einen skeptischen Blick, »mir wäre lieb, Sie würden Wingert jetzt noch keinen Bericht abliefern.«

Fassungslos schüttelte er den Kopf. Erst spielte sie die Verschwiegene, jetzt stellte sie Forderungen. »Als Gegenleistung, für Ihre Verschwiegenheit, über mein kleines Scharmützel letzte Nacht?«

Dana zuckte nur Nachsicht flehend mit dem Mundwinkel.

»Bei allem, was Sie jetzt auch gegen mich in der Hand haben sollten.«
Entschlossen schaute er seine Kollegin an. »Ich werde den Showakt nicht
todschweigen«, stellte er klar, »ich lasse mich nicht zum Komplizen
machen. Egal wie schwerwiegend Ihre Beweise auch sind.«

»He«, reagierte Dana enttäuscht über seine miese Meinung über sie,
»das sollte kein Erpressungsversuch werden – mir wäre nur lieb – Sie
würden Ihren ausführlichen Bericht erst am Montag abliefern – über die
letzte Nacht werde ich für immer Stillschweigen.« Sie erhob ihre rechte
Hand. »Es gibt außerdem keine Beweise. Ehrenwort«, schwor sie und
setzte eine Erklärung bei, »ich möchte mir nur den Ärger vor der
Veranstaltung ersparen.«

Nachdenklich schlüpfte Schneider ins Jackett und hoffte, dass er sich
auf ihr Ehrenwort verlassen konnte. Schließlich nickte er einverstanden,
ein wenig Nachsicht hatte sie schon verdient, befand er und schlenderte
auf sie zu, wobei seine Blicke an seinem Bett hängen blieben. »Wo haben
Sie eigentlich geschlafen«, tat sich ihm plötzlich eine Frage auf, er hatte
seine Kollegin schließlich zwangsausquartiert.

»Na hier, in Ihrem Bett«, antwortete sie selbstverständlich, »ich hoffe,
das stört Sie nicht, die Betten werden nämlich nur zwei Mal die Woche
abgezogen.«

»Wenn's Sie nicht gestört hat.« Er musste sich an den Kopf fassen und
einen Moment innehalten. Jede einzelne Gehirnzelle spürte er.

»Sie sollten die Tablette auch einnehmen«, riet Dana, »in Ihrer Hemdtasche wird sie nicht wirken.«

Um Linderung zu erzielen, beherzte Schneider den gut gemeinten Rat,
nahm sie aber vorsichtshalber doch mit einem Schluck Wasser im Bad
ein.

Ungeduldig wartete Wingert schon im Frühstücksraum. Sie nippte gerade
an ihrer dritten Tasse Kaffee, als Dana und Schneider den Frühstücksraum betraten.

Bei Schneider zog sich der Magen zusammen, als er seine Chefin schon
von weitem sah. »Ich wünschte, ich wäre tot«, sagte er und krümmte sich

leicht, behielt aber Haltung, wobei ihn irgendwie das Gefühl nicht los ließ, die Schande stehe ihm auf der Stirn geschrieben.

»Das würde Ihnen so passen«, konterte Dana spitz und hakte sich bei ihm ein, »mich jetzt im Stich lassen.« Unbeirrt zog sie ihren Kollegen an den Tisch und stellte Schneider vor, als würde Wingert ihn noch nicht kennen, dann setzte sie sich ihrer Chefin gegenüber. Nur phlegmatisch ließ sich Schneider auf den Stuhl am Kopf nieder und hatte so beide Frauen gut im Augenwinkel, wobei er es mied, Wingert anzuschauen, von der Angst erfüllt, dass sein Wahrheitssinn ausbrechen könnte.

Ungeachtet davon, richtete Wingert eine Frage an ihn. »Wie fühlen Sie sich?«

Schneider schluckte und nickte lahm. »Gut«, antwortete er heiser und begrüßte, dass Danas Tablette schon Wirkung zeigte. Dennoch konnte er nicht ganz verbergen, dass er sich elend fühlte.

»Sie sehen sehr blass aus«, urteilte Wingert mit der geschulten Analyse eines Arztes und warf einen verächtlichen Blick auf Dana, der sie die Schuld zuwies, »ich hoffe, Sie stehen den Tag durch. Wenn Sie das Zeug nicht vertragen, sollten Sie es nicht in Unmengen zu sich nehmen«, hielt sie ihm vor.

Dana rollte ihre Augen. »Nu hören Sie auf zu schimpfen, wir sind keine kleinen Kinder.«

»Sicher?«

»Haben Sie noch nie mehr getrunken, als Sie vertragen?«, verteidigte Dana ihren Kollegen.

Wingert legte ihre Arme gekreuzt auf dem Tisch ab. »Ich stehe hier nicht zur Diskussion.« Dann wurde sie nachdenklich. Wurde da gerade der heilige Bruder von ihrer Angestellten verteidigt?

Beschwichtigend erhob Schneider seine Hände. »Ich stehe den Tag durch. Ich werde meinen Verpflichtungen nachkommen.«

»Na schön«, zeigte sich Wingert beruhigt und ließ ihren Angestellten die Zeit, dem Kellner ihre Frühstückwünsche mitzuteilen, dann wurde sie ernst und offiziell. Sie stellte die Arme auf und blickte beide abwechselnd an. »Wie kommen Sie voran?«, wollte sie wissen und war schlagartig beim Geschäft.

»Gut«, antwortete Dana.

Skeptisch legte Wingert ihren Kopf schief. »Ich dachte, es gibt Probleme?«

»Gab«, verbesserte Dana, »wir haben alles im Griff«, versicherte sie.

»Schön«, zeigte sich Wingert zufrieden und musste dabei Schneider ansehen, erhoffte sich irgendeine verräterische Miene, die Aufschluss über die letzte Nacht gab. Neben den drei Flaschen Wein, die sie vorfand, musste noch irgendwas anderes vorgefallen sein, da war sie sich ganz sicher. Doch Schneider zeigte sich verkrampft wie gewohnt. »Gibt es sonst noch etwas, das ich wissen sollte?«

Ängstlich, seine Glaubwürdigkeit auf Spiel zu setzen, schaute Schneider seine Kollegin an, die den Kopf schüttelte.

»Nein«, antwortete Dana knapp und ließ ihrem Kollegen ein liebes Lächeln zukommen, der sichtlich mit seinem Gewissen kämpfe. Vorsichtshalber nahm sie schon mal ihre Verteidigungshaltung ein, für den Fall, sollte Schneider umfallen und jetzt doch schon eine umfassende Beichte ablegen. Doch er zeigte Stärke und schwieg.

»Fein«, zeigte sich Wingert zufrieden, »dann werde ich nun weiter ziehen.« Sie fischte nach ihrer Handtasche, die sie über die Stuhllehne gehängt hatte, und klemmte sie unter ihren Arm. »Eigentlich bin ich auf dem Weg zu meiner Nichte«, erklärte sie kurz, »und da das auf dem Weg liegt, dachte ich, ich schau mal rein«, fügte sie hinzu, um ihr plötzliches Hereinschneien zu erklären. Doch Dana konnte sie nichts vormachen. Mit heuchlerischer Dankbarkeit lächelte sie ihrer Chefin zu.

»Nett, dass Sie an uns gedacht haben.«

Wingert erhob sich. »Habe ich doch gerne getan«, konterte sie mit einem leichten Schuss Ironie in der Stimme. Nachdenklich wanderten ihre Blicke abwechselnd zwischen ihren Angestellten hin und her. »Ich hätte nur allzu gerne gewusst, was Sie letzte Nacht wirklich getrieben haben?«

Dana räusperte sich. »Das ist unsere Privatangelegenheit.«

Endlich zog Wingert ab. Sie war noch nicht ganz außer Sichtweite, da fiel Schneider in sich zusammen. »Wie schaffen Sie das nur?«, warf er eine Frage ein.

»Was?«, verstand Dana nicht.

»Bei dem, was Frau Wingert jetzt an Gedanken führt, würde ich am liebsten im Erdboden versinken.« Er konnte seiner Beschämung, die ihn überkam, gar keinen Ausdruck verleihen. »Wie kann ein Mensch nur so abgebrüht sein?«

»Was heißt hier abgebrüht«, reagierte Dana erbost, »ich verteidige nur meine Intimsphäre – Wingert sollte sich schämen, sich in unser Privatleben einzumischen. Und das um diese Uhrzeit.«

Endlich wurde das Frühstück serviert. Dana machte sich gleich über ihr Brötchen her, während Schneider wehleidig zusah.

»Kein Appetit?«

»Ich kriege nichts runter«, antwortete Schneider unter Höllenqualen, mit einem Gesichtsausdruck, als hätte man ihm eine Dornenkrone aufgesetzt.

»Sie müssen essen«, schimpfte Dana, »sonst kippen Sie mir um.« Schnell langte sie in seinen Teller und zog sein Brötchen an sich, teilte es und bestrich es mit Konfitüre, die er selber ausgewählt hatte. Fürsorglich schenkte sie ihm einen Kaffee ein und legte ihm das Brötchen mundgerecht auf den Teller zurück.

»Ich mag nicht«, sträubte er sich, wie ein aufsässiges Kleinkind.

Unbeeindruckt schob Dana ihm den Teller vor die Nase und mit der Strenge einer Mutter befahl sie: »Essen.«

Schneider widersetzte sich nicht mehr, leistete keinen weiteren Protest. Brav nahm er das Brötchen in die Hand und biss ab. Nach dem zweiten Happen kehrte der Appetit ein und er aß freiwillig sogar die zweite Hälfte seines Brötchens und kippte einen Kaffee hinterher. Aufmerksam beobachtete er dabei seine Kollegin, die unbekümmert ihr Frühstücksritual durchzog. Mit viel Liebe zum Detail belegte sie ihr Brötchen und verzierte es mit einer Scheibe Tomate und rundete das Ganze mit einem Klecks Mayonnaise ab. Die Perfektion ihres Meisterwerkes stand ihr nach dem ersten Bissen im Gesicht geschrieben. Fast wie in Ekstase kaute sie genüsslich auf ihrer Komposition herum. Mit gemischten Gefühlen betrachtete Schneider seine Kollegin, war nicht sicher, ob er Dana beneiden sollte oder verachten. Sie ließ sich durch nichts aus der Ruhe bringen, wenn sie am Tisch saß. Gewissensbisse und Schamgefühle hatten in diesen Momenten keine Saison. Zunächst stufte er sie als indolent ein, nicht nur ihren Mitmenschen gegenüber, auch sich selber. Aber Schlamperei konnte man ihr nicht nachsagen. Immerhin erfüllte sie ihre Pflichten. Er gab es auf seine Kollegin in eine Schublade zu stopfen. Man konnte wohlmöglich alle Eigenschaften dieser Welt zusammentragen und irgendwie würde es immer auf Dana passen.

Nach dem Frühstück verloren Schneider und Dana keine Zeit mehr. Sofort machten sie sich auf den Weg in die Firma und schon lauerte ein weiteres Schicksal auf Schneider. Dana stand gerade am offenen Kofferraum und zog ihre Aktentasche hervor, als Schneider John-Paul schon vom weitem erblickte, wie er aus seinem edlen Sportwagen stieg und dieses Gefährt liebenswürdig über den Kotflügel strich. Um seine Aufmerksamkeit nicht zu wecken, tauchte Schneider in Danas Kofferraum ab, der noch offen stand und tat so, als würde er etwas suchen. Inständig hoffte er, John-Paul würde ohne Umweg sofort auf die Halle zumarschieren, doch da machte ihm seine Kollegin einen Strich durch die Rechnung. Sie winkte dem warmen Tänzer freundlich zu und rief sogar nach ihm, was ihn veranlasste, auf die beiden zuzugehen.

»Müssen Sie denn auch noch rufen?«, rief Schneider seiner Kollegin weinerlich aus dem Kofferraum zu, »was will der überhaupt schon wieder hier?«

Befremdet schaute Dana auf ihren Kollegen nieder, der ihr sein Hinterteil zustreckte. »Er ist wahrscheinlich wegen Ihnen hier.«

»Er soll weitergehen«, jammerte Schneider, »ich möchte ihn nicht schon wieder anlügen müssen.«

Interessiert beugte sich Dana auch in den Kofferraum und stützte sich mit einem Arm auf der Ladekante ab. »Was haben Sie ihm denn erzählt?«, versuchte sie ihm enthusiastisch zu entlocken.

»Das ich mir sein Liebesangebot überlegen muss«, erwiderte er aufgeregt und stierte durch den leeren Kofferraum.

»Und das nennen Sie gelogen?«, war Dana enttäuscht.

»Ich musste es mir aber nicht überlegen.«

Mit einem Lächeln im Gesicht lenkte Dana mit ihrer Hand Schneiders Gesicht in ihre Richtung, dann folgte ein kontrollierender Blick über ihre Schulter. »Küssen Sie mich«, forderte Dana ihren Kollegen auf, der gleich entsetzt in die Höhe schoss und sich den Kopf am Deckel rammte. Schmerzverzerrt warf er seine Arme über den Kopf zusammen.

Dana richtete sich direkt auf und bemutterte Schneider, der seinen Hinterkopf rieb. »Armer Liebling«, sagte sie laut und zog sich an Schneider heran und drückte ihm einen feuchten Kuss auf die Lippen. Einen kurzen Moment saugte sie sich an ihm fest und ließ mit einem lauten Schmatz wieder ab. Mit geweiteten Augen starrte Schneider seine Kollegin an und bevor er darauf reagieren konnte, legte Dana ihren Finger auf seine Lippen und kam ihm zuvor. »Ganz ruhig – das wird er verstehen«, flüsterte sie ihm zu und drückte ihm ihre Aktentasche in die Hand. Geschickt ließ sie dann den Kofferraumdeckel hinter Schneiders Rücken zufallen und legte ihren Arm um seine Hüfte und schmiegte sich an ihn.

Leicht irritiert kam John-Paul auf die Beiden zumarschiert, in gewohnter Manier. Seine Oberschenkel zusammengekniffen und seine Hände vom Körper abstehend, während Schneider Gänsehaut überkam, als er den schwulen Casanova auf sie zueiern sah.

»Hallo ihr Sweeties!«, rief er ihnen im seichten Tonfall zu, inklusive seines falschen englischen Akzents, dann stand er vor ihnen und rieb seine Wangen an Danas. Schneider streckte sich, machte sich so lang wie er nur konnte, damit John-Paul bloß nicht an ihn rann kam. Mit verführerischem Augenaufschlag musterte John-Paul mit einem Schuss Wehmut sein Lustobjekt.

Dana schaute Schneider von der Seite an, den sie immer noch im Arm hielt. »Gehst du schon mal vor«, bat sie ihn nett im vertraulichen Ton.

Krampfhaft löste sich Schneider von seiner Partnerin. »Wir sehen uns gleich«, sagte er und ging einmal um Dana herum, um nur ja nicht John-Paul passieren zu müssen. Dana konnte es nicht lassen, ihrem Kollegen einen Klaps zu geben, der sich verunsichert umschaute und nur an Danas Zwinkern erkannte, dass sie der Übeltäter war.

John-Paul schaute schmachtend und mit Wehmut dem unschuldsvollen Knaben hinterher. Sein Kopf neigte sich dabei zur Seite und seine Hand legte sich auf seine Wange nieder, die mit rot lackierten Nägeln in der aufgehenden Morgensonne leuchtete. »Du hast ihn mir weggeschnappt«, sagte er enttäuscht.

»Ich sagte doch, er ist hetero«, erklärte sie und bevor John-Paul ein Veto einlegen konnte, hatte sie sich bei ihm eingehakt, »und ich möchte auch, dass er das bleibt«, sagte sie freundlich, aber bestimmt.

»Du kennst mich, my dear, ich würde einer guten Freundin niemals den Freund ausspannen«, sagte er großzügig und stieß sie freundschaftlich an, »nu sag schon, Darling«, war er dennoch neugierig, »er hat einen tollen Body, nicht wahr?«

Genießerisch schürzte Dana ihren Mund. »Ohhh, jaaa«, stieß sie lahm und bedeutungsvoll aus.

John-Paul seufzte neidisch. »Du Glückliche.«

Schlagartig wurde Dana ernst und blickte den homosexuellen Lüstling von der Seite an. »Ich muss mit dir reden.«

Es vergingen Stunden, als Dana wieder auf ihren Kollegen traf. Sie fand ihn am Schreibtisch vor, wo er vor einem Teller mit Schnittchen saß, die Kemmer besorgt hatte. Sein Kopf hing müde gestützt in seinen Händen.

»Ist Ihnen nicht gut?«, forschte sie sich heran und war ernsthaft um sein Wohlbefinden besorgt.

Schneider schreckte auf und blickte nach oben und nahm ein liebes Lächeln seiner Partnerin wahr. »Doch«, antwortete er müde, »mir fehlt nur etwas Schlaf.«

Sie deutete auf den Teller. »Schmeckt das nicht?«

»Doch, ich habe nur keinen richtigen Hunger«, teilte er lustlos mit.

Schnell fingerte Dana nach einer Schnitte und biss ab. »Sie sollten unbedingt auch was essen«, befahl sie ihm im Tonfall eines Generals und hielt ihm ihr Stück vor. Verneinend schüttelte er den Kopf. »Keine Widerrede«, schimpfte sie energisch und schob ihm das Brot einfach in den Mund, »so ist fein«, lobte sie ihn, nachdem er abgebissen hatte, »ein Happen für Schneider – ein Happen für Dana«, ulkte sie und stopfte sich den Rest in den Mund. Nachdenklich schaute Dana ihrem Partner beim Kauen zu. »Ich glaube, vor John-Paul sind Sie jetzt sicher«, übermittelte sie eine gute Nachricht und stopfte sich ein weiteres Stück Brot in den Mund.

»Kein Wunder«, sagte Schneider verdrießlich, »nach der Show, die Sie heute Morgen abgezogen haben.«

Erstaunt stellte Dana das Kauen ein. »Das klingt ja wie ein Vorwurf«, sagte sie mit vollem Mund.

»Sie haben so getan, als ob wir ein Verhältnis haben.«

»Habe ich nicht«, stritt sie ab, »ich habe Sie bloß geküsst – was kann ich denn dafür, wenn John-Paul daraus falsche Schlüsse zieht.«

»Ein Kuss ist etwas sehr intimes«, klärte Schneider seine Kollegin auf, »den gibt man sich nicht einfach so – und schon gar nicht in der Öffentlichkeit. Wahrscheinlich denkt jetzt jeder, der uns gesehen hat, wir sind ein Paar.«

»Wie furchtbar«, stieß Dana übellaunig aus, »ich wollte Ihnen bloß helfen.«

»Mussten Sie mich deswegen unbedingt in eine verwerfliche Situation bringen? Reicht es nicht, was Wingert schon über uns denkt?«

»Ich weiß gar nicht, was Sie haben? Sie wollten ihn los sein, und Sie sind ihn los.«

Ein tiefer Seufzer kam Schneider über die Lippen. »Warum können Sie nicht einmal etwas auf die aufrichtige Art erledigen?«

Nun hatte Dana aber genug von seinen bösen Vorwürfen. »Jetzt hören Sie mir mal gut zu«, erwiderte sie energisch und fuchtelte dabei mit einem Brot herum, »wenn hier jemand nicht aufrichtig ist, dann dieser warme Lüstling – denn für ihn sind Sie nur ein Lustobjekt, und solange der weiß, dass Sie Freiwild sind, wird er Ihnen keine Ruhe lassen und solange nachsetzen, bis Sie in seiner Kiste landen und er Ihren Slip in seiner Trophäensammlung aufnehmen kann. Und da ist ein scheinbares Verhältnis mit mir, mit Sicherheit die angenehmere Variante, oder?«

Schneider musste einen schweren Kloß herunterschlucken, der ihm bitter aufstieß. »Warum musste mich Frau Wingert nur so hart bestrafen?« Betreten, getrieben von Verzweiflung, schüttelte er den Kopf. »Mein ganzes Leben gerät aus den Fugen.«

»Die Bestrafung galt mir«, steckte sie ihm und musste tief durchatmen, um nicht gänzlich aus der Fassung zu geraten.

Diese Erkenntnis wirkte wenig beruhigend auf Schneider, sie tröstete nur ein wenig hinweg und zeigte Danas Unzufriedenheit über seine Mitarbeit auf. Dennoch stand sie es durch und fügte sich in ihr Schicksal, während er nur jammernd nebenher lief und jeden Tag als eine Bestrafung ansah. Er musste sich endlich damit abfinden, dass die gesitteten und geruhsamen Tage im Pfarramt vorbei waren, und es gab kein zurück. In seinem neuen Job musste er sich an Menschen wie John-Paul und eine Dana Petry gewöhnen. Mit Güte und Nachsicht kam man bei diesen Leuten nicht weiter. Er musste seinen Standpunkt schon deutlich darstellen und schon mal die Ellenbogen ausfahren, um neben ihnen existieren zu können. Bei Dana zeigte es ja schon leichte Wirkung. Mit einem kräftigen Räuspern verschaffte er sich Mut und sah seine Kollegin fest an. »Ich wollte Ihnen keine Vorwürfe machen – es tut mir leid«, bat er um Verzeihung.

»Schon gut«, vergab sie ihm, sie konnte ihm gut nachfühlen, was in ihm vorging, »ich habe noch eine gute Nachricht für Sie«, ließ sie verlauten und erntete einen skeptischen Blick von ihrem Partner, »ich habe mit John-Paul geredet«, erklärte sie und musste leise lachen, als Schneider verachtend seine Mundwinkel verzog, »er wird eine andere Inszenierung vorführen.«

»Was?«, wollte Schneider konkret wissen.

Ahnungslos erhob Dana ihre Hände. »Ob Sie es mir glauben oder nicht – ich habe keine Ahnung – jedenfalls eine sehr abgeschwächte Version.«

Ungläubig legte Schneider seinen Kopf zurück. »Das erzählen Sie mir doch nur, damit ich mir die Show ansehe.«

Enttäuscht über sein Misstrauen schüttelte Dana den Kopf. »Nein – mein Ehrenwort«, schwor sie und es klang ehrlich, »Sie müssen es ja nicht anschauen.«

Bedacht zog Schneider seine Brauen hoch. »Warum plötzlich dieser Sinneswandel?«

Sie zuckte nachdenklich mit den Mundwinkeln. »Ich habe über Ihre Anmerkung nachgedacht – Sie haben Recht – niemand sollte seinen Körper um jeden Preis verkaufen.«

Irritiert nahm Schneider ihre Worte auf. Was war nur los mit ihr? Fing sie plötzlich an sentimental zu werden, oder versuchte sie ihn doch nur wieder auszutricksen?

»Ich habe noch eine Bitte«, schob sie gleich hinterher, die in Schneider Misstrauen hervorrief, »ich möchte am Montag Wingert selber eine Erklärung abgeben.«

Mit halb zugekniffenen und zweifelnden Augen sah Schneider seine Partnerin an. »Damit Sie wieder ein paar Details auslassen können?«

»Nein«, stieß sie fuchsig aus, über sein Misstrauen, »wir sitzen gemeinsam beim Rapport, Sie können mich ja dann korrigieren«, fügte sie hinzu. Um sie nicht noch mehr zu verärgern nickte Schneider einverstanden und schon schob Dana noch eine Info hinterher. »Herr Schank hat uns heute am späten Nachmittag zum Umtrunk und Imbiss in sein Büro geladen.«

»Oh nein«, stieß Schneider erschöpft aus, »wie soll ich das denn noch durchstehen?«

»Sind Sie denn gar nicht neugierig ihn kennenzulernen?«

Darüber hatte Schneider noch gar nicht nachgedacht. Sicher war er neugierig, aber nicht heute. Hier spürte er deutlich den Schwierigkeitsgrad, neben einer Dana Petry zu bestehen.

Der Rest vom Tag gestaltete sich recht hektisch und arbeitsreich. Besonders spannend erwies sich der Moment, als Dana mit einem Leiterwagen und einem Kranwagen zwei riesige Kronleuchter an der Deckenkonstruktion montieren ließ. Ein elektrisierender Augenblick bei dem allen Beteiligten der Atem still stand. Unter hohen Sicherheitsvorkehrungen fuhr der lange Arm des Kranwagens mit dem schweren, mit Kristallen behangenen Kronleuchter in die Höhe und parallele dazu schaukelte ein Korb mit zwei Monteuren, die am Leiterwagen hingen, hoch bis an die Decke. Gebannt starrten alle nach oben und beobachteten die Monteure, die mit geübten Handgriffen die Kronleuchter mit großen

Haken unter die Decke hingen, dann nahm der Tag weiterhin seinen Lauf. Dana und Schneider packten überall mit an, um die Arbeiten anzutreiben. Um nicht in den Stundenschlaf zu fallen, ließ sich Schneider von Kemmer mit Cola versorgen, um sich aufzuputschen, was ihm gut gelang. Sein Verstand arbeitete hellwach, ließ keine Rückschlüsse auf die vergangene Nacht zu. Er stand gerade in seinem Cateringbereich mit einem Koch zusammen und klärte noch ein paar Details zur Büffetlieferung ab, als Dana plötzlich neben ihm stand und ihm bedeutete, dass er sich für den Umtrunk wappnen sollte. Nur widerwillig rüstete sich Schneider für den Empfang. Sein Geist mochte die Strapazen des Tages gut verarbeitet haben, aber sein Körper nicht und dabei war der Tag noch längst nicht zu Ende. Das Eingangsportal musste noch aufgestellt und ausgelegt werden und die Tontechniker für die Musikanlage waren auch noch nicht da.

Bevor es in Schanks Bürogebäude ging, begutachtete sich Schneider gründlich im Spiegel. Er musste sein Hemd und Hose kräftig abklopfen, die stark eingestaubt waren. Um nicht gerade wie ein Bauarbeiter bei Schank einzutreffen, zog er sich sein Jackett über und polierte mit einem Papiertuch seine Schuhe.

Wenig später fand sich Schneider mit Dana am anderen Ende des Betriebsgeländes wieder. Eilig schritt seine Kollegin durch die schmalen Gänge des Flachdachsgebäudes voran. Nur schleppend folgte Schneider ihr, die es an ihrem Tempo gemessen, kaum erwarten konnte bei Schank einzutreffen. Er hingegen läge jetzt viel lieber lang ausgestreckt mit seinen müden Knochen auf seinem Bett im Hotel.

Schließlich erreichten sie am Ende eines Ganges eine doppelte Pendeltür. Vorsichtig schob Dana eine Türhälfte auf und quetschte sich in den Raum. Schneider folgte ihr. Begutachtend ließ er seine Blicke durch den Saal wandern, der allem Anschein nach im wahren Leben als Konferenzzimmer Verwendung fand und nur für den jetzigen Gebrauch zum Empfangssaal umgestaltet wurde. Die langen Tische der Konferenztafel standen zusammengeschoben und teils aufeinander gestapelt an einer Wand. Im Raum standen Stehtische aufgestellt und mit festlichen Hussen überstülpt. Zahlreiche Frauen und Männer standen versammelt herum, tranken Sekt und nagten an den Häppchen, die von einigen Bediensteten angeboten wurden. Verblüffend schnell konnte Dana Herrn Schank im Getümmel lokalisieren und marschierte zielstrebig, nachdem sie Schneider mit einen sanften Knuff bedeutet hatte ihr zu folgen, auf ihn zu. Freudig strahlend streckte sie ihrem Auftraggeber ihre Hand entgegen, die Schank wie sein Eigentum an sich nahm und einen Kuss darauf verteilte, dann zog er Dana ganz an sich und versorgte sie mit einem Wangenkuss, der schon etwas mehr signalisierte als nur gute Zusammenarbeit.

»Ich freue mich dich zu sehen«, sülzte er Dana wie ein schleimiger Playboy zu.

Schneider beäugte den Auftraggeber genau. Irgendwie hatte er sich Schank anders vorgestellt. Älter. Der Mann war gerade mal Mitte dreißig, groß und schlank. Seine schwarzen Haare glänzten pomadig, die sehr kurz geschnitten waren und vorne aufgestellt, wie ein Windfang vom Kopf standen. Sein Äußeres wirkte elegant, aber unnatürlich.

Schnell wandte sich Dana Schneider zu, der dicht hinter ihr stand. »Pascal«, sprach sie Schank sehr vertraut an, »ich möchte dir Herrn Schneider vorstellen.«

Schank lachte auf eine Weise, die Schneider nicht einschätzen konnte. Eine Mischung aus Häme und Freundlichkeit. »John-Paul hat mir schon von Ihnen berichtet«, sagte er und reichte ihm die Hand, wobei seine Blicke kurz zu Dana abschweiften, »er sagte auch, dass Sie beiden.« Ein bedeutsamer Blick erfasste Schneider. »Nicht nur Kollegen sind.«

Schneider grollte in sich hinein, legte äußerlich aber ein Lächeln auf. Dieses Schauspiel seiner Kollegin, würde er ihr so schnell nicht verzeihen. Plötzlich entschuldigte sich Schank und verschwand in der Menge.

»Großartig«, knurrte Schneider verärgert seiner Kollegin zu, »jetzt glaubt jeder, wir sind ein Paar.«

»Tragen Sie's mit Fassung.«

Mit angesäuertem Gesicht betrachtete Schneider die Menschen. »Was sind das hier für Leute?«

»Verwaltungsangestellte«, erklärte Dana, »die dürfen heute feiern, weil sie sich morgen um die Geschäftspartner kümmern müssen.« Sie rüttelte Schneider am Arm. »Nu kommen Sie«, sprach sie aufheiternd auf ihn ein, »legen Sie ein fröhliches Gesicht auf.« Sie musste lachen, als Schneider ihrer Aufforderung folgte und seine Mundwinkel übertrieben zu einem Grinsen verzog.

Eine junge Frau mit einem Tablett Sekt trat an Dana heran und bot ihr ein Glas an. Sie wollte gerade danach greifen, als sie plötzlich Schneiders Finger spürte, die um ihre Hüfte krabbelten und schließlich auf ihrer Taille liegen blieben. Sie war kurz zusammengezuckt, als sie in diesem Moment nach dem Glas griff und konnte die Bedienstete nur mit einem gequälten Lächeln ihre Dankbarkeit zeigen. Achtsam blickte sie dann Schneider, mehr aus ihren Augenwinkel, an. »Was wird das hier?«, erforschte sie den Grund seiner Annäherung.

Er deutete mit seinen Blicken auf eine Person die kaum zu übersehen war. Schillernd bunt, auf High Heels, stand John-Paul im Getümmel, aufgedonnert mit einer Perücke, die schon von weitem knallrot leuchtete. »Da«, sagte er leise, »der aufgetakelte Pfau«, bezeichnete er John-Paul und zog Dana noch enger an sich, die das geduldig ertrug und den warmen Tänzer mit vorgeschobenem Kinn begutachtete, wie er die Menschen, die um ihn versammelt standen, erheiterte.

»Er hat sich sicher nur für Sie so fein gemacht«, lästerte sie.

»Spotten Sie nicht«, gab Schneider zurück und wurde plötzlich von John-Pauls Blicken eingefangen. Mit verführerischem Augenaufschlag warf er ihm einen imaginären Kuss zu.

Dana blieb das nicht verborgen und sie schmunzelte vergnügt in sich hinein und verspürte plötzlich ein leichtes Zwicken auf ihrer Hüfte. Schneider hatte sich an ihr festgekrallt.

»Sagten Sie nicht, ich sei jetzt sicher vor ihm?«

»John-Paul gibt halt nicht schnell auf«, konterte sie und vernahm, wie Schneider sie noch enger an sich zog. Missbilligend schaute sie ihren Kollegen von der Seite an. »Jetzt bin ich wieder gut genug für Sie.«

Er drehte seinen Kopf und schaute seine Kollegin mitleiderregend an. »Lassen Sie mich bitte nicht im Stich«, bettelte er sie an und legte einen Ausdruck in sein Gesicht, als würde er ihr alles verzeihen.

»Soll ich Sie jetzt küssen?«, flüsterte sie ihm zu.

Besonnen scheute er zurück. »Wir müssen es ja nicht gleich übertreiben.«

Die Zeit verflog im Nu. Schneiders lahme Knochen meldeten sich nicht mehr. Das Glas Sekt schien ihn beflügelt zu haben und die Häppchen schmeckten ihm auch. Bei Dana hingegen bestimmte Langeweile den Empfang. Zu gerne hätte sie sich mit Pascal Schank unterhalten. Sie mochte ihn, aber im Gegensatz zu den vergangenen Jahren schenkte er ihr heute keinerlei Aufmerksamkeit. Plötzlich stieß Schneider sie an.

»Ist Herr Schank verheiratet«, richtete er eine Frage an sie.

Dana schüttelte den Kopf. »Nein«, antwortete sie und stopfte sich ein Häppchen in den Mund, »letztes Jahr war er es jedenfalls noch nicht.«

»Hätte mich auch gewundert« sagte er und schaute Schank gezielt an, »er befummelt John-Paul die ganze Zeit.«

Beinahe verschluckte sich Dana an ihrem Imbiss. »Bitte?«, war sie entsetzt und schaute Schneider entrückt an.

»Ehrlich«, schwor er, »seine Hand reibt ständig über John-Pauls.« Er suchte nach einem gerechten Ausdruck. »Hinterteil«, sagte er dann.

»Ach was«, wollte Dana nicht wahrhaben, »Sie irren sich.« Unauffällig richtete sie ihren Blick auf John-Paul, der neben Schank stand und tatsächlich wurde sie Zeuge, wie Schank plötzlich mit seiner Hand über den zarten Po des warmen Tänzers strich. Ihre Nackenhaare stellten sich auf und sie musste sich schütteln. »Abartig«, ließ sie bissig verlauten und ertränkte einen Anflug von Ekel mit einem großen Schluck Sekt.

»Wo bleibt Ihre Toleranz?«, mahnte Schneider.

»Ich hatte Schank als einen Frauenhelden eingestuft«, erklärte sie ihre Aggression und zuckte aufgerüttelt zusammen. Ihr sonst so verbissener Kollege reagierte heute außergewöhnlich gelassen, stellte sie verblüfft fest.

»Vielleicht erlaubt er sich ja auch nur einen Spaß«, hielt Schneider für möglich.

»Das wäre eine Erklärung«, sagte sie und zeigte sich beruhigt. Erneut ließ sie sich auf ein Glas Sekt ein und schaute unterdessen auf ihre Uhr. »Wir müssen uns gleich noch mal um unsere Baustelle kümmern«, teilte sie Schneider mit, der fügsam nickte und ein Glas O-Saft vom Tablett zog, das ihm eine junge Frau vorhielt.

Pflichtbewusst hielt sich Dana mit ihrem Glas Sekt nicht lange auf und strebte ihrer Aufgabe entgegen. Suchend reckte sie sich und hielt nach ihrem Auftraggeber Ausschau, der plötzlich wie vom Erdboden verschluckt schien. Sie ärgerte sich ein wenig, dass er sich noch nicht mal eine Minute Zeit nahm, um die Umbauten zu betrachten. Gerne wäre sie mit ihm durch den Saal geschritten, um ihm das neue Design zu präsentieren, und vor allem, um mit ihm zu plaudern. Sie unterhielt sich sehr gerne mit ihm. Sie liebte seinen Witz und Charme. »Ich schau mal, ob ich Schank finde«, sagte sie zu Schneider und steuerte gezielt auf einen kleinen Nebenraum zu, der als kleine Küche diente.

Schneider beobachtete seine Kollegin, wie sie vorsichtig die Tür vom Nebenraum einen Spalt aufschob und einen Moment inne hielt, dann trat sie ein und verschwand. Plötzlich kam sie aus dem Raum hinausgestürzt und durchquerte eilig den Raum und zog sich ein Glas Sekt von einem Tablett, das zufällig ihren Weg kreuzte. Bevor sie bei ihm ankam, hatte sie das Glas bereits geleert und wieder irgendwo abgestellt.

»Was ist los mit Ihnen?«, erkundigte sich Schneider erstaunt.

»Nichts«, presste Dana hervor und griff wieder nach einem Glas Sekt, das ihr vorgehalten wurde. Nahm einen kräftigen Schluck.

»Haben Sie Herrn Schank nicht gefunden?«

»Ohhh doch«, war sie außer sich und betrachtete erregt ihr Glas bevor sie es gänzlich leerte.

»Was machen Sie da?«, schimpfte Schneider, »wollen Sie sich betrinken?«

»Ja«, antwortete Dana heftig und lauerte nach einen neuen Glas.

»Sie müssen noch fahren«, versuchte Schneider ihr Verantwortungsgefühl zu wecken.

Aufgeregt fischte sie ihren Wagenschlüssel aus der Jeans und reichte ihn ihrem Kollegen, der sie entgeistert angaffte, aber ruhig blieb.

»Warum sind Sie so aufgeregt?«, versuchte Schneider nach ihren Beweggründen zu fahnden, wobei er den Wagenschlüssel in seiner Hand wog.

Dana musste mehrmals tief Luft holen, bevor sie antworten konnte. »Ich habe Schank mit John-Paul gefunden«, fing sie leise an zu erklären, »sie haben sich in der kleinen Kammer verschanzt und sich gegenseitig die Zunge in den Hals gesteckt.«

Eine Augenbraue fuhr höher. »Dann ist Schank eben homosexuell, na und?«, entgegnete Schneider flüsternd und ungewöhnlich gelassen.

»Ich mag das nicht glauben«, entgegnete Dana aufgebracht und musste sich zwingen, ihre Stimme ruhig zu halten.

»Nur, weil Sie ihn als Frauenhelden eingestuft haben?«

»Ach, was verstehen Sie schon!« Aufgeregt stapfte Dana Richtung Ausgang voran und schnappte sich erneut ein Glas Sekt, das ihr zufällig über den Weg lief.

Verständnislos schüttelte Schneider seinen Kopf und folgte seiner Kollegin. Den Wagenschlüssel verstaute er sicherheitshalber in seiner Hosentasche.

Obwohl die Arbeit Dana von den letzten Geschehnissen ablenkte, konnte sie ihre gute Laune nicht zurückgewinnen. Und endlich neigten sich die Arbeiten dem Ende zu. Die Arbeiter suchten ihr Werkzeug zusammen und räumten auf. Endlich war das Werk vollbracht und die graue Lagerhalle präsentierte sich als hoheitlicher Festsaal. An der Seite ihres Kollegen schritt Dana die einzelnen Bereiche ab und kontrollierte anhand ihrer Liste, ob auch keine wichtigen Details vergessen wurden. Schneider warf ihr gelegentlich einen Seitenblick zu. Er spürte, wie sie innerlich immer noch mit der bedrückenden Wahrheit kämpfte, Schank als homosexuell entlarvt zu haben. Als sie den Cateringbereich betraten, brach seine Kollegin in Staunen aus und ihre gute Laune kehrte, wie auf Knopfdruck zurück. Begeistert ließ Dana ihre Blicke durch den Cateringbereich wandern, bewunderte seine Leistung, die sie bisher noch gar nicht wahrgenommen hatte. Das Büffet, das früher mehr zum Zweck der Nahrungsaufnahme diente, zeigte sich nun als Tresen, der zum Gourmetschlemmen einlud. Das Ganze im festlichen Ambiente unter großen Pavillons untergebracht. Der Barbereich lud an einer langen rustikalen Theke mit Messingbeschlägen zum Umtrunk ein.

»Großartig«, lobte Dana ihren Kollegen, der ihr glücklich zunickte, »nicht schlecht für einen Klosterjungen«, setzte sie liebevoll nach, um mit ihren alten Sprüchen seiner Arbeit eine besondere Bedeutung beizumessen.

Mit zusammengepressten Lippen und leicht verlegen lächelte Schneider seine Kollegin an und nahm glücklich ihre Zufriedenheit auf, und zufrieden konnten sie beide sein. Denn in der Tat war es ihnen gelungen eine reife Meisterleistung zu vollbringen. In der Schnelle ein völlig neues Gestaltungskonzept zu entwickeln, bedingt durch die unverhofften Umbauten, die Schank durchführen ließ. Dieses reibungslos in der Praxis umzusetzen, war schon eine rekordverdächtige Höchstleistung. Bedingt dadurch, dass nun alles enger gestellt stand, brachte es sogar den Vorteil hervor, dass alles viel gemütlicher wirkte und eine vertraute Behaglichkeit ausstrahlte, ohne den Charakter eines Prunksaales zu verlieren, was wohl an den tief hängenden Kronleuchtern lag, die dem Saal den würdigen Glanz verliehen.

Endlich konnten sich Dana und Schneider auch auf den Feierabend freuen. Dennoch suchten sie ohne Hast ihre Unterlagen auf dem Schreibtisch zusammen. Einige Arbeiter passierten sie und wünschten im Vorbeigehen guten Erfolg. Plötzlich stand Schank neben ihnen am Schreibtisch. Dana zuckte zusammen als er pfeifend seine Bewunderung zum Ausdruck brachte, sie hatte ihn gar nicht kommen hören.

»Wahnsinn, was ihr da geschaffen habt«, lobte er in hohen Tönen.

»War auch ein großes Stück Arbeit«, konterte Dana spitz und schaute Schank mit verschränkten Armen böse an. In ihr war der Ekel über die Kussszene in der Kammer neu entflammt, den sie kaum unterdrücken konnte.

Der Tonfall, den Dana anschlug missfiel Schank. »Bist du sauer?«

»Du hättest sagen können, dass du umgebaut hast, wir mussten alles umstricken«, begründete sie ihre miese Laune.

»Tut mir leid – ist mir in der Hektik entgangen.«

»Du hast dich bis jetzt noch nicht einmal sehen lassen«, hielt sie ihm vor und klang wie eine betrogene Ehefrau.

»Ich bin sehr beschäftigt«, entschuldigte er sein mangelndes Interesse.

Diese Beschäftigung konnte sich Dana nur allzu genau vorstellen, was auch John-Pauls ständige Anwesenheit erklärte, der dann auch noch ihren Kollegen umgarnte. Widerlich.

Mit Besorgnis betrachtete Schneider teilnahmslos den Schlagabtausch zwischen seiner gereizten Kollegin und dem schlüpfrigen Auftraggeber. Wenn Dana weiter so ihren vorwurfsvollen Ton anbrachte, sah er schon schwarz für den nächsten Auftrag. Dann konnte sie sich ihre Beichte bei Wingert ersparen. Doch dann fand Dana zu ihrer diplomatischen Form zurück. Sie legte ein charmantes Lächeln auf, was sie sich allerdings abringen musste.

»Zum Glück sind wir ja Profis und wissen uns zu helfen.«

»Darum komme ich auch immer gerne wieder auf Firma Wingert zurück«, schleimte Schank und lächelte verführerisch zurück, »wie sieht's aus«, fing er ein neues Thema an, »gehen wir noch irgendwo was trinken?«

Oh nein, fuhr es Schneider gleich durch den Sinn, und wurde Ohrenzeuge, wie seine Kollegin sagte: »Tut mir leid, aber ich bin wirklich geschafft und brauche dringend eine Auszeit.«

»Schade«, bedauerte Schank und wandte sich ihm zu, »was ist mit Ihnen?«

Entrückt starrte Schneider aus der Wäsche und fand schnell eine Antwort. »Nein«, lehnte er höflich ab, »ich möchte den Abend gerne mit meiner Partnerin verbringen«, sagte er bestimmt und fixierte seine Kollegin, die ihn bezaubernd anlächelte und sich wie eine Komplizin verhielt.

»Natürlich«, sah Schank ein, »dann wünsche ich euch einen schönen Abend«, sagte er und zog ab.

»Heuchler«, murmelte Dana und suchte angekratzt ihre restlichen Sachen auf dem Schreibtisch zusammen. Sie konnte sich kaum beruhigen und stopfte alles lieblos in ihre Aktentasche. Nachdenklich betrachtete Schneider seine erzürnte Kollegin, die er kaum wieder erkannte. Wenig später stapfte sie mit ihrer Tasche unterm Arm geklemmt auf ihren Wagen zu und stolperte im Dunkeln über einen Stein. Sie fluchte genervt, weil die Beleuchtung nicht eingeschaltet wurde und nur ein spärlicher Lichtstrahl, der aus einem Bürogebäude drang, den Parkplatz erleuchtete. Hastig durchsuchte sie ihre Taschen nach dem Wagenschlüssel, als sie vor dem Kofferraum stand.

»Suchen Sie den hier?«, fragte Schneider ruhig und ließ den Schlüssel vor ihrer Nase baumeln.

»Ja«, entfuhr ihr missgelaunt. Sie entriss ihrem Kollegen den Schlüssel und öffnete den Kofferraum. Hastig warf sie ihre Tasche hinein, wartete ungeduldig auf ihren Partner, der seine Mappe behutsam im Kofferraum ablegte und warf den Deckel dann wütend zu. Dann sackte sie erschöpft zusammen und stützte sich kraftlos auf dem Kofferraum ab. Sie atmete schwer, um sich zu beschwichtigen, dann schaute sie ihren Kollegen an, der bekümmert neben dem Wagen stand und sie mitfühlend anschaute. Langsam ging sie um den Wagen herum. Sie wirkte nun etwas gefasster, aber dennoch aufgewühlt. Nachdenklich starrte sie die Wagentür an und wandte sich schließlich ihrem Kollegen zu, der immer noch am Kofferraum stand. »Wäre mir ganz lieb, wenn Sie fahren würden«, bat sie ihren Kollegen plötzlich ganz nett.

Sie musste Schneider erst gar nicht anflehen. Nach dem vielen Sekt, den sie vernichtet hatte, war das neben ihrer Aufgekratztheit die beste Entscheidung.

»Ich kann mir gar nicht erklären, warum Sie sich über Schank so opponieren?«

»Tu ich gar nicht«, gab sie grantig zurück.

»Nu halten Sie mich nicht für blöd«, sagte Schneider ruhig aber enttäuscht über ihre Überheblichkeit, ihm seine Urteilsfähigkeit abzuerkennen.

»Ich bin verwirrt und enttäuscht«, gestand sie.

»Nur weil Sie sich geirrt haben und Schank schon in eine Schublade verfrachtet hatten? Wäre er Ihnen als frauenerlegendes Monster lieber?«

Dana zuckte unschlüssig mit der Schulter. Ja, musste sie sich selber eingestehen, es wäre ihr lieber gewesen. Schwieg sich aber darüber aus.

»Möchten Sie mir nicht sagen, was Sie wirklich bewegt?«, bohrte Schneider einfühlsam weiter.

»Jetzt spielen Sie nicht den verständnisvollen heiligen Bruder«, entgegnete Dana abgeneigt und wanderte um den Wagen herum, wobei sie ihm den Schlüssel in die Hand drückte, und ließ sich kurzum auf der Beifahrerseite nieder. Sie schaute ihren Kollegen an, der neben ihr in den Sitz rutschte. Uta hätte sie ihre trübe Stimmung und Gefühle offen dargelegt und mit ihr darüber geredet, aber mit Schneider?

Kommentarlos nahm Schneider ihre abweisende Haltung hin, was ihn dennoch zu einem Kopfschütteln veranlasste. Er konnte sich ihr Verhalten gar nicht erklären. Es konnte sie doch sonst nichts so schnell umhauen und erschüttern. Kurz bevor er den Schlüssel in den Zylinder steckte, schaute er seine Kollegin noch mal an, erhoffte, dass sie ihre innere Barriere überwand und sich ihm anvertraute, um ihrer Seele inneren Frieden zu gönnen. Keine Reaktion. Erst als der Schlüssel steckte, drehte seine Kollegin ihren Kopf in seine Richtung. Trotz der Dunkelheit nahm Schneider ihr betrübtes Gesicht wahr.

»Ich hatte vor zwei Jahren beinahe – eine Affäre mit Schank«, gestand sie plötzlich betreten und senkte schmerzerfüllt ihr Haupt. Die Erkenntnis, einem Schwulen aufgesessen zu sein, widerte sie an.

Entgleist legte Schneider seinen Kopf schief und schaute seine Kollegin von unten nach oben an. »Sie hatten was?« Seine ganze Missbilligung schwang in der Stimme mit.

»Ich sagte beinahe«, gab Dana borstig zurück und bereute in diesem Moment schon ihre Offenheit.

»Entschuldigung«, hielt er aufgerüttelt ein, »ich wollte nicht über Sie urteilen.«

Dana war sich ihres Fehlverhalten vollends bewusst, und hielt über sich selber Gericht. »Ich weiß, es ist unseriös, sich mit Kunden einzulassen«, gab sie zu, »aber es hatte sich so ergeben.« Verständnis suchend und verzweifelt über ihre eigene Tat, suchte sie nach einer plausiblen Erklärung. »Wir hatten getanzt auf der Feier – und plötzlich fing Pascal an, an mir rumzuschnüffeln, und küsste meinen Hals und plötzlich fanden wir uns in einer stillen Ecke wieder und haben.« Sie suchte nach einem angebrachten Ausdruck, wobei sie verlegen mit ihren Fingern spielte. »Na ja, rumgeknutscht«, sagte sie und gab der ganzen Angelegenheit einen abfälligen Tatsch, »die Vorstellung, dass er auch mit Männern... erschüttert mich eben.«

»Das hätte Ihnen doch damals schon dämmern müssen, als Herr Schank unbedingt John-Paul im Showteil haben wollte«, sagte er und zweifelte ihr Urteilsvermögen an.

»Bin ich Sexualtäter, wenn ich Pornos schaue?«, gab sie eine Gegenfrage zur Antwort.

»Nein, natürlich nicht.« Er überlegte, wie er seine Kollegin wieder aufrichten konnte. »Vergessen Sie es doch einfach – haken Sie's einfach ab. Schließlich ist ja nichts weiter passiert.« Sie schauten sich lange an. »Und wenn ich Sie zitieren darf, die Vergangenheit können Sie nicht mehr ändern.« Er lächelte gütig, griff nach ihrer Hand, drückte sie sanft und tröstend.

Dankbar nahm Dana seine liebe Geste auf und lächelte ihn an. Sie war so froh, dass Schneider nicht zu den nachtragenden Menschen gehörte, wozu er allen Grund gehabt hätte. Nun spendete er ihr sogar Trost, was ihr Gewissen auf den Plan rief. »Tut mir leid, dass ich Sie so hintergangen habe«, entschuldigte sie sich im aufrichtigen Ton, unterstützt von einem zutraulichen festen Händedruck, »ich war sehr gemein zu Ihnen.«

»Schon gut«, verzieh er ihr und zog seine Hand weg, um endlich den Wagen zu starten und den Weg ins Hotel anzutreten.

»Ich weiß«, fuhr Dana reuig fort, »ich habe das schon mal behauptet – aber ich werde Sie künftig so akzeptieren, wie Sie sind.«

Schneider musste lachen und sah sie kurz an. »Glauben Sie, Sie halten das durch?«, war er eher skeptisch.

Angesteckt von seinem milden Lachen sagte sie: »Sie wissen ja, die Hoffnung stirbt zuletzt.«

Er ließ das so im Raum stehen.

Als Schneider mit Kollegin Dana seine Zimmertür passierten, schien sie wieder zur ihrer alten Form zurückgefunden zu haben. Er schaute ihr noch nach, bis sie ihre Tür erreicht hatte, und lächelte ihr freundlich zu, als sie sich ihm noch mal zuwandte, während sie ihren Schlüssel ins Schloss schob und die Tür einen Spalt öffnete.

»Haben Sie noch Lust auf ein Glas Wein?«, rief sie ihm sacht zu, »ich hätte noch eine Flasche im Angebot.«

Müde schüttelte er seinen Kopf. »Wir sollten besser früh zu Bett gehen, morgen haben wir einen langen Tag.«

Zustimmend nickte sie ihrem Kollegen zu und wurde plötzlich von ihrem Handy abgelenkt. Schneider sah ihr noch zu, wie sie zeitgleich in ihr Zimmer ging und nach ihrem Handy angelte. Als er in sein Zimmer trat, warf er seinen Schlüssel auf den kleinen Tisch seiner Sitzgruppe und legte seine Jacke ordentlich über einen Sessel. Aus dem Nebenzimmer nahm er Danas Stimme wahr. Die Zwischentür stand noch offen und so hörte er unfreiwillig ihr Telefongespräch mit. Ihre Stimme klang aufgelöst und bebte leicht. Um Diskretion zu wahren, schlenderte er gleich auf die Tür zu und wollte sie zuziehen, doch Danas geschockter Gesichtsausdruck hielt ihn davon ab. Regungslos stand sie da und blickte ihren Kollegen bedrückt an. Sie wirkte in diesem Moment gebrochen und verletzlich.

»Schlechte Nachrichten?«, erkundigte sich Schneider umsorgt.

Eine Weile stand Dana noch bewegungsunfähig da, dann fasste sie sich.

»Nein«, sagte sie und legte ein gequältes Lächeln auf, »alles ist gut.«

»Bestimmt?«, legte er eine zweiflerische Frage nach und glaubte schließlich ihrem heftigen Kopfnicken. Langsam schob er die Tür zu, wobei seine Gedanken bei seiner Kollegin hängen blieben, die wahrlich guten Rat gebrauchen konnte. Fassungslos und gleichzeitig gerührt warf Dana ihr Handy aufs Bett und vergrub ihr Gesicht in ihren Händen.

»Bleibt mir denn gar nichts erspart?«, murmelte sie und wanderte ins Bad. Auf dem Weg dorthin schaltete sie das Radio ein. Sie brauchte dringend Ablenkung.

In Gedanken immer noch bei Kollegin Dana, kam Schneider, in seinem Pyjama gekleidet, aus der Dusche. Eigentlich wollte er es sich noch ein wenig gemütlich machen und in seinem Buch schmökern, doch Dana ließ ihm keine Ruhe. Kurzentschlossen warf er seinen Bademantel über, steckte ihren Wagenschlüssel in eine Tasche, wanderte entschlossen zur Zwischentür und klopfte.

Dana saß im Bademantel gegen das Kopfteil ihres Bettes gelehnt. Die Decke weit aufgeschlagen. Ihr gestresster Kopf suchte nach dem richtigen Ablauf für die Aufgabe, die ihr morgen bevorstand, und ihr eben aufgebürdet wurde, als Schneiders Klopfen an der Zwischentür, ihre Gedanken unterbrach. »Ist offen!«, rief sie und wurde Zeuge, wie er, im Bademantel gehüllt, in der Tür stand. Sofort schwenkten ihre Gedanken um. Genüsslich und verzückt zog sie eine Schnute. »Fortsetzung von gestern?«, witzelte sie.

Schneider räusperte sich verlegen und musste dann doch schmunzeln. »Das hätten Sie wohl gerne.«

»Was führt Sie sonst zu mir?«

»Ich habe noch Ihren Wagenschlüssel«, antwortete er, froh über ihre Unbekümmertheit, die aufzeigte, dass sie den Schock wegen Schank überwunden hatte. Er kramte in seiner Manteltasche nach dem Schlüssel und lächelte sie milde an. Langsam schlenderte er dann auf sie zu und betrachtete sie aufmerksam.

»Sie sind doch nicht wegen dem Schlüssel hier?« nahm Dana ihm nicht ab.

Er nickte mit zusammengepressten Lippen und sah auf seine Kollegin nieder. »Offen gestanden – mache ich mir Sorgen um Sie.«

Amüsiert und dankbar über seine Fürsorge lächelte Dana bloß.

»Sie wirkten eben so ratlos und verzweifelt«, setzte er seiner Besorgnis eine Erklärung bei.

»Das mit Schank habe ich mittlerweile verarbeitet«, sagte sie und sah mit an, wie Schneider den Schlüssel auf dem Nachtschränkchen ablegte, sich den Hocker heranzog und sich vors Bett setzte, »ich war ziemlich geschockt«, gestand Dana unterdessen und wunderte sich über Kollege Schneiders Verhalten.

»Geschockt?«, dementierte Schneider und stützte sich auf seine Ober-schenkel ab, »Sie sahen aus, als wollten Sie sterben.«

Sie schob verlegen ihre Schulter hoch. »Das bin ich wohl auch ein wenig, aber jetzt ist es gut.« Sie schmunzelte über seine Fürsorglichkeit. »Sie können jetzt Ihre Rolle als Seelenklempner ablegen.«

Skeptisch beäugte er seine Kollegin. »Zuhause auch alles in Ordnung?« Dana nickte nur.

»Sie wirkten eben so bestürzt nach dem Anruf«, forschte er weiter.

Nachdenklich schürzte Dana ihren Mund. »Alles bestens«, beteuerte sie mit einträglichem Lächeln.

Langsam wandte sich Schneider dem Frisiertisch zu und beäugte die Flasche Rotwein, die vor dem Spiegel stand, die Dana noch in Reserve hatte. »Steht Ihr Angebot mit dem Glas Wein noch?«

»Ja«, stieß Dana hoch erfreut aus und wurde Zeuge, wie ihr Partner nach der Flasche griff und fachmännisch begutachtete, bevor er ihr den Hals umdrehte und die Gläser füllte.

Dana knuffte das zweite Kissen auf der anderen Betthälfte zusammen und rutschte hinüber und sah erwartungsvoll ihren Kollegen an, der stockend, mit den Gläsern bewaffnet, sie anschaute. »Kommen Sie«, forderte Dana ihn auf und schlug auf die freie Betthälfte, »ist doch nicht das erste Mal, dass Sie in meinem Bett liegen«, scherzte sie.

Verstimmt verzog er sein Gesicht. »Hört sich komisch an«, befand Schneider und brauchte noch einen Moment, sich zu überwinden. Doch dann reichte er seiner Kollegin mit langem Arm das Glas und folgte ihrer Aufforderung. Mit dem Rücken verschaffte er sich die optimale Sitz-position. »Hoffentlich wird das nicht zur schlechten Angewohnheit.«

»Ist doch nichts dabei«, verharmloste Dana die Situation, »mit Uta sitze ich auch häufig so im Bett zusammen.« Sie lachte versonnen. »Eigentlich bräuchten wir gar keine Einzelzimmer – aber Wingy besteht auf die Ein-haltung der Privatsphäre.«

»Ach ja«, stieß Schneider geringschätzig aus und betrachtete Dana von der Seite, »davon war heute Morgen aber nicht viel zu spüren«, kritisierte er.

»Wollen wir mal hoffen, dass sie jetzt nicht wieder vor der Tür steht«, witzelte Dana und prostete ihrem Kollegen zu, der behutsam sein Glas gegen ihres stieß, dann wurde sie plötzlich besinnlich, »ich hätte mir nie träumen lassen, dass ich Ihnen mal mein Herz ausschütte.«

Peinlich berührt musste Schneider an die letzte Nacht denken. »Und ich hätte nie für möglich gehalten, mal einen Strip für Sie hinzulegen«, konterte er und musste über sich selber lachen, dann wurde er wieder ernst. Nachdenklich sah er sie an. »Sie sollten Frau Wingert nichts über Ihre Vereinbarung mit Herrn Schank erzählen«, sagte er plötzlich.

Hörte Dana da richtig? »Wie sind Sie denn auf einmal drauf?«, war sie beinahe entsetzt. Sie erkannte ihren Chorknaben kaum wieder. Den ganzen Abend zeigte er sich schon von einer mehr als ungewöhnlichen Seite.

Er wandte sich ihr im vollen Umfang zu. »Im Grunde haben Sie doch nur versucht einen guten Auftrag zu erhalten«, begründete er seine Einstellung.

Dana stieß ein zynisches Lachen aus. »Ich kann nicht glauben, dass Sie das sagen.« Fassungslos suchte sie nach Worten. »Sie machen sich ja selber zum Komplizen.«

»Ist ein Pastor ein Komplize, wenn ich ihm meine Sünden beichte?«, stellte er eine ernsthafte Frage.

Fragend und verunsichert zog Dana ihre Schultern hoch. Was die Sitten und Gebräuche des katholischen Glaubens anbelangte, so ging sie immer sehr schluderhaft damit um, so dass ihr im Laufe der Zeit der Überblick verloren ging. »Bin ich jetzt raus aus der Sache?«, hakte sie verunsichert nach.

»Nein«, wies er zurück, »Sie sollten versuchen, die Veranstaltung künftig sauber zu halten.«

Nachdenklich lehnte sich Dana zurück und drehte ihr Glas in den Händen. Ihr Kollege hatte wohlmöglich Recht und sie hatte ja bereits den Anfang gestartet, blieb nur zu hoffen, dass auch Schank mitspielte, der von alledem noch gar nichts wusste.

Für Dana und Schneider wurde der Abend noch sehr unterhaltsam. Er erzählte ihr über seine Arbeit in Trier, dafür musste sie ein paar

Anekdoten aus ihrem Berufsleben preisgeben. Sie lachten sehr viel und mussten mit jedem Wort mehr und mehr feststellen, dass ihr Vorleben in ganz verschiedene Richtungen verlief und es mehr an ein Wunder grenzte, dass sie letztendlich in derselben Firma landeten. Und mit jedem Wort, das sie tauschten, wuchsen das Vertrauen und der Respekt voreinander an. Nach diesem unterhaltsamen Abend schaute Dana schon viel zuversichtlicher ihrer bevorstehenden Aufgabe entgegen.

Wie verabredet gingen Dana und Schneider gemeinsam zum Frühstück. An der Lobby legte Dana einen Stopp ein und schickte ihren Kollegen schon mal unter einem fadenscheinigen Vorwand vor. Schneider tat, wie ihm befohlen, wartete aber aus Höflichkeit am Eingang des Frühstückraums auf seine Partnerin, die auch nicht lange auf sich warten ließ. Strahlend und mit wogendem Schritt kam sie zielstrebig auf ihn zu. Eine Hand hielt sie auf dem Rücken gedreht, was bei Schneider eine Vermutung aufleben ließ. Gelassen, aber auch ein wenig gespannt, beobachtete er seine Kollegin, die plötzlich vor ihm anhielt und ihn fest anschaute, dann schaute sie kurz um sich. Ein paar Leute schoben sich an ihnen vorbei, und um nicht im Weg zu stehen, zog sie ihren Kollegen etwas zur Seite, der sie mit steigender Vorahnung betrachtete, während Dana nach ein paar passenden Worten suchte.

»Der Anruf von gestern«, fing sie leise an zu erklären, »der war von Ihrer Mutter. Sie hat sich extra meine Handynummer von Wingy geben lassen.«

Schneider konnte sich seine gelassene Haltung selber nicht erklären, obwohl er nun wusste, was auf ihn zukam, aber wahrscheinlich zeigte Danas schlechter Einfluss schon Wirkung auf ihn. Es war schon zur Unsitte seiner Eltern geworden, die jedes Jahr ihre Geburtstagsglückwünsche durch Dritte übermitteln ließen, wenn er nicht Zuhause sein konnte. Seine Kollegin im Pfarramt, hatte dann immer das Vergnügen. Eine ältere Dame kurz vor der Pension. Sie freute sich schon jedes Jahr darauf in seinen Armen zu liegen, und er gönnte ihr den Spaß, aber mit Dana, und hier..? Wie kamen seine Eltern nur auf sie? Sie kannten die Frau nicht einmal. Doch nun wo der Anfang gesetzt war, wollte er auch die gesamte Nummer durchziehen. Erwartungsvoll schaute er sie an. »Na dann, mal los«, forderte er sie auf, worauf Dana zwei weiße Nelken hinter ihrem Rücken hervorzog, die sie dem Portier vom Blumenarrangement, das auf der Theke der Lobby stand, abgeschwatzt hatte.

»Herzlichen Glückwunsch zum Geburtstag«, sagte sie und reichte ihm die Blumen.«

»Oh«, war Schneider überrascht, »zwei Blumen?«

Etwas verlegen fuchtelte Dana mit ihren Händen umher. »Na ja, eine ist von mir.« Ratlos stand sie nun vor ihm.

Enttäuscht von ihrer Zurückhaltung, blinzelte er sie an. »Und weiter?«

»Herzlichen Glückwunsch von Ihren Eltern.«

»Vergessen Sie da nicht schon wieder ein paar Details?«

Nervös musste Dana einen Frosch schlucken. »Wollen Sie das wirklich? Ich weiß ja, wie sehr Sie auf Ihre moralischen Werte bedacht sind.«

»Auf einmal nehmen Sie Rücksicht auf meine Werte?«

»Ich hatte es Ihnen doch versprochen.«

»Dann werden meine Eltern enttäuscht sein.«

»Sie müssen es ihnen ja nicht verraten.«

Amüsiert schaute Schneider seine Kollegin an, die etwas ratlos und nervös wirkte. »Ich möchte meine Eltern aber nicht anlügen.« Er breitete unnachgiebig seine Arme aus. »Na kommen Sie«, forderte er sie leise heraus, »immerhin habe ich schon in Ihrem Bett gelegen, was kann verwerflicher sein?«

Dana zögerte und schaute sich aus ihren Augenwinkeln heraus bedacht um. Sie fühlte sich beobachtet, dabei interessierte sich in Wahrheit niemand für sie. In Hotels war es nichts Außergewöhnliches wenn Menschen zusammenstanden und sich auch schon mal umarmten, oder gar küssten.

Auf ihr Zögern hin, nahm Schneider selber die Initiative in die Hand. Zog sie einfach an sich, worauf sie automatisch ihre Arme um ihn legte und ihn drückte. Sanft küsste sie ihm die Wange. Als sie dann wieder von ihm abließ, wurde sie allerdings übertölpelt. Schnell, aber zart umfasste er ihr Gesicht und drückte ihr einen Kuss auf den Mund und umarmte sie erneut. Zog sie fest an sich und kostete den Moment vollends aus. Er spürte, wie er an ihrem Körper Kraft tanken konnte und sie gewährte ihm diesen Moment. Aber eine Bemerkung konnte sie dennoch nicht zurückhalten, als er sie schließlich fest anschaute.

»So werden Sie von Ihrer Mutter bestimmt nicht geküsst.«

»Stimmt. Ich wollte mich bei Ihnen bedanken, für die Blume.«

Verlegen musste Dana sich räuspern. »Gern geschehen«, sagte sie heiser und streifte sich eine Strähne aus dem Gesicht.

»Was ist los, Sie zeigen ja Nerven?«, flüsterte er ihr überrascht zu.

»Ist etwas befremdlich, so mit Ihnen...«

Schneider musste lachen. »Gestern waren Sie weniger gehemmt.«

Sie zauderte verlegen. »Na ja, das ist ja auch aus einer Spontanität heraus entstanden.«

»Das ist es wohl.« Er fasste seine Kollegin sanft am Arm und führte sie in den Frühstücksraum. Für ihn unfassbar, seine Kollegen mal so bewegt erleben zu dürfen.

Endlich rückte der Abend näher. Für Dana lief alles perfekt. Das Bühnenbild stand, die Bands und Techniker hatten ihre Proben erfolgreich abgeschlossen und im Cateringbereich, wo sich das Küchenpersonal einfand, gab ihr Kollege die letzten Instruktionen durch.

Zufrieden betrachteten sie am späten Nachmittag, wie das riesige Transparent, welches das große Rolltor einkleidete, und die Gäste willkommen hieß, aufgezogen wurde, was für Dana und Schneider bedeutete: Ab ins Hotel, umziehen und zurück auf die Party. Viel Zeit blieb den Beiden nicht. Wie üblich nahm Dana die Gäste mit einem Glas Sekt in Empfang, wo Schneider ihr Gesellschaft leisten sollte, und da mussten sie schon rechtzeitig wieder eintreffen.

Mit erhöhter Nervosität stand Schneider vor seinem Frisiertisch und fieberte dem Abend entgegen. Mehr als 300 Gäste waren geladen, aus allen europäischen Ländern, die er mit Dana betreuen sollte. Noch nie musste er für so einen Megaevent solche Verantwortung tragen. In seiner Aufgeregtheit gelang es ihm kaum seine Fliege zu binden. Die misslungenen Versuche, die er benötigte, diesen Killer an den Hals zu schnüren, konnte er kaum noch zählen.

Dana hingegen nahm den Abend gelassen hin. Routine für sie und so stand sie auch recht schnell vor ihrer Frisierkommode und prüfte ihr Äußeres. Alles schien perfekt, wäre da bloß nicht dieser störende Fremdkörper in ihrem Auge gewesen, der sie unentwegt quälte. Sie streifte zum letzten Mal ihr eng anliegendes Kleid glatt und richtete ihre Kurzjacke, die sie passend darüber trug, dann überprüfte sie nochmals ihren Teint. Wieder zwickte sie der Fremdkörper im Auge, den sie versuchte mit mehrmaligem Zwinkern zu vertreiben. Ohne Erfolg, also ignorierte sie ihn und schlenderte kurzum an die Zwischentür um zu erfahren, wie weit ihr Kollege schon war. Höflich klopfte sie.

»Ist offen!«, rief Schneider.

Verzückt, über Schneiders Zutrauen, schob Dana die Tür auf und fand ihren Kollegen an der Frisierkommode vor. Den Kampf mit der Fliege hatte er gewonnen, nun stand er unschlüssig mit einer Tube in der Hand vor dem Spiegel.

Dana schaute ihn durch den Spiegel an. »Wie weit sind Sie?«

Er brauchte eine Weile, bis er Bescheid geben konnte. »Eigentlich fertig«, antwortete er schließlich und drehte sich nach ihr um. Nur mit Mühe legte er eine langsame Drehung hin, um nicht gierig zu wirken, um ihren Antlitz zu kosten, der leichte Wallungen in ihm hervorrief. »Wau«, stieß er aus, konnte seine Begeisterung nicht eindämmen, als seine Kollegin auf ihn zuschlenderte. Elegant trug Dana ihre Haare hochgesteckt, das enge, beige Kleid betonte ihre Figur. Ein silbern glitzernder Anhänger schmückte ihr Dekolleté. Ihre blanken Schultern, die unter einer kurzen Jacke steckten, erahnte er nur. Auf ihre Beinfreiheit hatte sie allerdings nicht verzichtet. Kurz über den Knien endete das Kleid. Bei ihrem Anblick rief sich die Vereinbarung in seine Gedanken, was die Bekleidung betraf. Er widerstand seiner Begeisterung und legte einen ernsten Blick auf. »Hatten wir nicht einen Deal?«, erinnerte er mahnend seine Kollegin und stierte gezielt ihre Beine an.

»Ja«, gab Dana zu, »es ging um meine Röcke.« Sie drehte sich elegant um ihre eigene Achse. »Wie man unschwer erkennen kann, ist dies ein Kleid.«

Er lachte nachsichtig. »Nie um eine Ausrede verlegen«, sagte er und hielt unbeholfen eine Tube hoch.

»Was haben Sie da?«, fragte Dana interessiert nach.

»Gel«, antwortete er mit gepressten Lippen, »ich dachte, es sei vielleicht sinnvoll, meine Haare etwas aufzupeppen«, fügte er mit fuchtelnden Händen um seinen Kopf hinzu, sein Blick eher resignierend.

»Aber?«

»Ich habe kein Geschick«, seufzte er aufgebend über seine Unbegabtheit und senkte seine Schultern ab.

Dana beorderte ihn auf den Hocker. Schnell hatte sie ihn vor dem Spiegel in Position gerückt und im nächsten Moment schon einen großen Klecks Gel in ihren Händen verteilt und bearbeitete seinen Kopf damit. Mit geschickten Handgriffen knetete sie die klebrige Masse in seine Haare ein und richtete gekonnt die einzelnen Strähnen zu einer flotten Nasshaarfrisur. Prüfend betrachtete sie ihr Meisterwerk durch den Spiegel und musste einmal mehr ihre Augen zukneifen, weil das störende Teilchen unter ihrem Lid wieder einmal zwickte.

»Was haben Sie?«, erkundigte sich Schneider fürsorglich.

Sie stöhnte kurz auf. »Mich ärgert etwas im Auge.«

Er gestikulierte mit seinem Finger vorm Auge. »Sie müssen von außen nach innen reiben…«

Dana legte missbilligend ihren Kopf schief. »Ich werde gar nichts«, presste sie hervor, »ich will mich doch nicht ruinieren.«

Der Preis der vollkommenen Schönheit, schoss Schneider durch den Sinn und drehte sich nach ihr um, schaute mitleidig zu ihr auf. »Schlimm?«

Sie rollte ihre Augen, erhoffte sich Linderung dadurch. »Megaschlimm.« Sie kniff ihre Augen zu einem schmalen Spalt zusammen und schaute auf ihren Kollegen nieder. »Vielleicht könnten Sie mal schauen?« Sie deutete auf das rechte Auge. Ohne zögern stand Schneider auf und begutachtete Danas Auge. Sie hatte ihren Kopf in den Nacken gelegt und ihre Augäpfel verdreht, so dass Schneider den Übeltäter schnell ins Visier nehmen konnte.

»Eine Wimper«, diagnostizierte er und zog wie aus dem Nichts heraus ein Papiertaschentuch hervor und schlug es auseinander. Mit dem Zipfel zwischen seinen Fingern legte er sich in Lauerstellung. Dana musste eine Menge Mut aufbringen, damit ihr Partner Hand an sie anlegen konnte. Sie konzentrierte sich kurz und riss die Augen auf.

»Hätten Sie sich wohl auch nie träumen lassen, dass Sie mir mal so tief in die Augen schauen«, ließ sie eine Bemerkung fallen und musste dabei zwinkern.

Ein Lächeln huschte bei Schneider übers Gesicht. »Bei Ihnen bin ich mittlerweile auf alles gefasst.«

Dana lachte vergnügt und musste kurz ihre Augen schließen, um Mut zu fassen.

»So«, sagte er bestimmt, »jetzt wird nicht mehr gezwinkert, Sie können später noch mit mir... flirten«, sagte er beiläufig, was Dana entrückt die Augen aufreißen ließ. Gekonnt nutzte Schneider die Gelegenheit und tauchte in diesem Moment den Zipfel ins Auge ein und angelte den Bösewicht heraus.

Erleichtert senkte Dana ihren Kopf und rollte ihre Augen hin und her, während Schneider triumphierend die Wimper auf seinem Zeigefinger vorhielt. »Sie dürfen sich was wünschen«, sagte er stolz.

»Sie haben's gefunden«, sagte Dana gönnerisch.

»Ist aber Ihr Eigentum«, verzichtete er gerne.

Dana lachte Schneider herzlich an. Plötzlich kam er ihr so vertraut vor. »Teilen wir uns den Spaß«, schlug sie vor und schaute ihn fest an, »ich finde, wir sollten das Sie endlich ablegen«, schlug sie gedankenversunken vor.

Er nickte bloß lahm und streckte seinen Finger vor und pustete gemeinsam mit seiner Kollegin das Ungetüm durch die Lüfte. Wie hypnotisiert wanderten ihre Köpfe zueinander und ihre Lippen trafen sich zu einem sanften Kuss. Behutsam saugte sich Schneider an ihre Lippen fest, wobei er sie zaghaft an ihren Ellenbogen festhielt, ohne weiter darüber nachzudenken, was danach folgen würde. Schon heute Morgen war er beinahe dieser Versuchung erlegen gewesen.

Seine zaghafte Annäherung empfand Dana gar nicht als so unangenehm. Zumal sie mit einem Kuss gerechnet hatte, wenn auch nicht so innig. Kurz schweiften ihre Gedanken ab, wie es wohl sein würde, wenn Schneider einen leidenschaftlichen Ausbruch erlitt und sie förmlich verschlang, tief in sie eindrang? Schlagartig die Ernüchterung. Schneider und Leidenschaft? Nein, das passte nicht zusammen.

Plötzlich ließ er von ihr ab. Hilfesuchend und von Selbstvorwürfen geplagt, wanderten seine Blicke über ihr Gesicht. Was nur in aller Welt war bloß in ihn gefahren? »Entschuldige«, ahndete Schneider sich selber, »ich habe die Situation ausgenutzt.«

Nachsichtig lächelte Dana sanft. »Schon vergessen? Du hast heute Geburtstag«, sah sie es ihm nach.

Erleichtert begrüßte Schneider in diesem heiklen Moment, eine so unkomplizierte Kollegin an seiner Seite zu wissen.

»Ich hoffe nur, du hast nichts ruiniert«, scherzte sie.

Schneider beäugte sie kritisch. »Nein, ist alles heil geblieben.« Er strahlte sie an. »Wie gefalle ich dir?«, erkundigte er sich plötzlich etwas unsicher.

Sie warf ihr Kinn in Falten und bemusterte ihn kritisch. In seinem dunklen Anzug sah er sehr edel und schmuck aus. Ein Ebenbild eines großen Leinwandhelden. »An Ihrer Seite«, scherzte sie und legte gezielt das Sie wieder auf, »werde ich mich sehr sicher aufgehoben fühlen... Mister Bond«, fügte sie gewichtig hinzu.

Es dämmerte schon als Dana und Schneider auf die Halle zuschlenderten, nachdem sie ihren Wagen neben Transportern von Partyservice-Teams in der Personalreihe abgestellt hatte. Im Scheinwerferlicht erstrahlte das große Transparent über dem großen Eingang. »Herzlich willkommen« stand dort in großen Lettern zu lesen, darunter lag ein langer, roter Teppich bis an den Parkplatz ausgelegt, der bis in den Vorraum führte. Ab dem Eingang bahnte eine getäfelte Schleuse den Weg bis zur Lobby, wo die Gäste mit einem Glas Sekt empfangen werden sollten und sie in

Ruhe ihre Mäntel ablegen konnten. Gesäumt von bunten Strahlern wurde dem Entree eine majestätische Note verliehen.

Dana liebte diesen Moment als Erste in die Lobby zu schreiten. Beschienen von den vielen bunten Scheinwerfern, die sie dabei begleiteten, wurde ihr auf dem roten Teppich das Gefühl vermittelt, etwas Besonderes zu sein.

Schneider betrachtete das Ganze etwas anders. Seine Nervosität reichte bis an seine Zehenspitzen, als er seine Kollegin bis zum Arbeitsplatz im Vorraum begleitete. Dort postierte er sich mit ihr an einer der Stehtische und wartete auf die ersten Gäste. Immer wieder zog er sich sein Jackett zurecht und renkte sich den Hals ein. Plötzlich tauchte Schank auf, der wie gewohnt seine ersten Gäste selber in Empfang nahm. Er zeigte sich bester Laune und wuselte um Dana herum, die gerade Sekt einschenkte und auf einem Tablett postierte. Nur widerwillig ertrug Dana Pascals Nähe, der etwas aufgedreht um sie herumtänzelte und sie ständig mit Schwärmereien überschüttete. Immer wieder versuchte sie ihm zu entfliehen, indem sie den Stehtisch, an dem sie den Sektempfang durchführte, mehrmals umkreiste, doch Pascal folgte ihr unermüdlich auf dem Fuß und irgendwann gab sie auf und schüttelte sie Szenerie, die sich zwischen ihm und John-Paul ereignete einfach ab. Ein flüchtiger Blick auf ihren Kollegen half ihr dabei. Sein liebevoller Kuss setzte sich in ihren Gedanken fest, der alle schlimmen Erinnerungen auslöschte, was allerdings leichte Verlegenheit in ihr auslöste. Doch dann wurde sie von John-Paul abgelenkt, der auf sie zustelzte, auffällig wie immer. Seine Augen waren so stark schwarz umrandet, als würde er Trauer tragen, seine Fingernägel leuchteten dafür schon von weitem. Die Hose schmiegte sich eng an seine Beine und seine Füße steckten in hochhackigen Schuhen. Zielstrebig steuerte er mit elegantem Gang und wackelnden Hüften auf Dana und Schneider zu, seine Hand fuhr langsam aus und Dana streckte ihm ihre entgegen. Vorsichtig zog er sich an sie heran und beugte sich weit vor und legte seicht seine Wange an ihre, achtete streng darauf, dass sich ihr Makeup nicht mit seinem vermischte.

»Hallo my dear«, grüßte er sie schwülstig und starrte dabei ihren Partner mit einem unheimlichen Augenaufschlag an, »gut schaust aus«, fügte er hinzu und meinte damit nicht die Frau, die er zuvor liebkoste, »ich hoffe, es geht euch gut?«

»Jaaa, danke«, ließ Dana ihn im gedehnten Tonfall mit einem bezaubernden Lächeln wissen und schaute Schneider kurz an, mit einem Blick, den nur Verliebte tauschten.

Begehrlich tröstete John-Paul sich mit einem beherzten Blick an Schank, der nun mit ein paar Gästen in unmittelbarer Nähe ein Gespräch führte. Dennoch konnte er von Schneider nicht ablassen und nutzte die Gelegenheit, als Dana gerade ein paar Gästen einschenkte, den Moment ihrer Ablenkung und pirschte sich an Schneider heran. Er beugte sich ihm zu und schnurrte ihm ins Ohr: »Mit dir und Pascal würde ich gerne einen Dreier vollziehen«, zischelte er und züngelte mit seiner Zunge in seiner Ohrmuschel.

Aufgeschreckt und angewidert scheute Schneider zurück und zog blitzschnell seine Kollegin heran, die gerade auf ein paar Gäste zugehen wollte, und postierte sie wie eine Barriere zwischen ihm und John-Paul. In diesem unverhofften Moment konnte Dana nicht verhindern, dass ein wenig Sekt danebenlief, konnte aber geschickt eine größere Sauerei verhindern. Perplex fand sie sich, mit einer Flasche Sekt in der Hand zwischen den Männern wieder. Bevor sie dazu kam etwas zu sagen, bedeutete ihr Kollege schnell, dass der warme Tänzer wieder handgreiflich wurde. In diesem Moment hatte John-Paul schon seine roten Krallen ausgefahren, um Dana herum gelangt und Schneider in den Po gekniffen.

Dana, der das nicht verborgen blieb, reagierte sofort. Sie zog den warmen Lüstling von Schneider weg, hielt ihn mit festem Griff am Ellenbogen. »Sagte ich nicht, du sollst die Finger von ihm lassen?«, drohte sie und betrachtete die Flasche, die sie in ihrer anderen Hand hielt. Es wäre so einfach gewesen, ihm diese jetzt über den Schädel zu ziehen, aber? Zu viele Zeugen.

John-Paul löste sich eingeschnappt von ihrem festen Griff. »Wir leben in einem freien Land – Darling«, trotzte er und zog beleidigt ab.

Schneider stöhnte gereizt, als Dana an den Stehtisch zurückkehrte. »Der Mann ist mehr als nur hartnäckig.«

Bestätigend erhob Dana ihre Hand. »Ja, ich weiß.«

»Der Kerl macht mich verrückt«, ereiferte sich Schneider in gedämpfter Tonlage.

Amüsiert zog Dana eine Schnute. »Das sagt er über dich auch.«

Pikiert zuckte Schneider, doch dann ließ er sich von Danas Lachen anstecken, dass sie nicht mehr zurückhalten konnte. Dann schaute sie ihn fest an.

»Du musst dich durchsetzen«, riet Dana und ging wieder ihrem Job nach.

Von da an lief alles locker von der Hand. Der Abend schien in die Annalen eines Gipfelsturms zu verlaufen. Die Vollendung in Perfektion schlechthin. Der Saal füllte sich mit den verschiedensten Generationen und Nationen. Alte und junge Menschen steckten die Köpfe zusammen und tauschten sich aus. Ein Gewirr von abgewandelten englischen Dialekten und anderen Sprachen, und irgendwie kam dennoch jeder damit zurecht und konnte sich verständigen. Stetig lief die Party zu Hochtouren auf. Irgendwann hatten sich Dana und Schneider unter das Volk gemischt und hielten dabei die Veranstaltung unter Kontrolle und gaben den bedienenden Mitarbeitern schon mal ein paar Anweisungen oder Hinweise. Die Gäste zeigten sich in ausgelassener Partylaune, viele davon bewegten ihre Körper rhythmisch zur Musik. Mehr und mehr heizte der Discjockey den Vergnügungssüchtigen ein und trieb sie regelrecht auf die Tanzfläche, wie von einem Bann befallen. Selbst Dana ließ sich von einem Fremden, der sie aufforderte, nicht zweimal betteln. Zum Verschnaufen suchte sie anschließend die Bar auf und fand ihren Kollegen vor einem großen Behälter Punsch. Er drehte sich nach ihr um, als er sie bemerkte und hielt ihr ein Glas hin.

»Ein kühler Schluck?«

Ablehnend schüttelte sie den Kopf. »Ich muss noch fahren und außerdem ist heute eher kühler Kopf angesagt.« Sie schaute ihn mahnend an, als er ihr unbeeindruckt zuprostete.

»Der Punsch ist alkoholfrei«, gestand er dann.

Verzückt lachte sie. »Na dann.« Sie nahm ihm das Glas ab und nippte. »Lecker.«

Plötzlich kam ein Koloss von Mann auf Dana zu, dem Schneider schon zuvor beim Empfang aufgefallen war. Sie streckte ihm freundlich ihre Hand entgegen, die er daraufhin in Gentlemanmanier an sich nahm, um sie mit Handkuss zu versorgen. Er nahm Danas zierliche Hand nur zwischen die Finger seiner Pranken, um sie letztendlich unter seinen wulstigen Lippen zu bedecken. Zum Glück blieb alles heil und so lächelte Dana verzückt und begrüßte den schweren Kerl mit seinem Namen.

»Herr Drupenko.«

Ein gebrochenes Englisch mit russischem Unterton kam zurück, worauf Dana mit »Thanks« antwortete. Soviel bekam Schneider auch noch mit, aber alles was er ihr danach mitteilte, konnte er nicht mehr einordnen. Zu seinem Leidwesen band Dana ihren Kollegen auch noch ins Gespräch mit ein. Aber ihm blieb nicht mehr übrig, als nur freundlich zu lächeln unterstützt von einem Nicken. Angespannt atmete Schneider durch, als sich der Hüne wieder verabschiedete. Hoffentlich kamen nicht noch mehr seiner Sorte, betete er innerlich.

»Dass du dich mit ihm unterhalten konntest«, bewunderte er Dana, »ich war immer der Überzeugung, gutes Englisch zu sprechen, aber ich habe fast kein Wort verstanden…«

»Ich auch nicht.«

Um nicht tatenlos rumzustehen, trank Dana ihr Glas aus und zwang Schneider auf die Tanzfläche. Nur widerstrebend willigte er ein. Sein Tanztalent ließ doch sehr zu wünschen übrig. In der Schule verlieh man ihm sogar die Goldene Zitrone des John Travoltas. In Danas Armen jedoch konnte er allerdings glänzen. Im Gegensatz zu ihm, konnte sie ein erfolgreiches Tanzdiplom vorweisen. Und gerade als Schneider den richtigen Hüftschwung raus hatte, da stand John-Paul plötzlich auf der Bühne und verschaffte sich Gehör durchs Mikrofon. Erst beim zweiten Hinschauen konnte er ihn erkennen. Eingezwängt in einem engen, schwarzen Kleid, auf hochhackigen Schuhen, stand er auf dem Podium und spielte lasziv an seinem Federbusch, der von seiner Langhaarperücke hing.

»Hallo, meine sehr verehrten Damen und Herren«, schmachtete er durchs Mikrofon, ohne seinen widerlichen Akzent, dafür seine Stimme weiblich verstellt, und wedelte zeitgleich mit einer weißen Nelke herum, »und jetzt machen wir ein Spiel«, eröffnete er und liebkoste dabei die zarte Pflanze, die er in seinen roten Krallen hielt, »meine Mädels«, so bezeichnete er die Mitglieder seiner Tanzgruppe, »verteilen gleich Rosen an die Herren, die sich dann eine Tanzpartnerin suchen müssen.« Mit lüsternem Augenaufschlag ließ er seine Blicke durch die Menge schweifen und hauchte begehrlich durchs Mikrofon. »Doch zunächst - suche ich mir - einen eigenen angemessenen Partner aus.« Er fuhr begehrlich mit seiner Zunge über seine Lippen. Elegant stieg John-Paul die Stufen der Bühne hinab. Seine Nelke drehte er dabei verspielt zwischen seinen Fingern, die Blicke ausschließlich auf die Männer gerichtet, denen er schon von der Treppe aus Handküsse zuwarf. Dann bahnte er sich eine Gasse durch die Menge, wobei er gelegentlich einigen Herren die Nelke verführerisch unter das Kinn streichelte. Die Lacher waren auf seiner Seite. Die Gäste amüsierten sich köstlich. Anders bei Schneider. Er wäre am liebsten weggerannt. Mit jedem Schritt, mit dem John-Paul näher kam, wobei er ihn im Visier hielt, wuchs seine Nervosität. Er schien auf diesen wollüstigen Schwulen wie ein Magnet zu wirken, selbst der Versuch, sich in die zweite Reihe zu verdrücken, scheiterte. Durchhalten redete sich Schneider selber Mut zu und hoffte, das Dana zur rechten Zeit einschritt.

Aufmerksam beobachtete Dana ihren Kollegen, dem die Anspannung im Gesicht geschrieben stand. Sie bereitete sich schon auf eine Annäherung von ihm vor, wenn er wieder ihren mütterlichen Schutz suchte. Nur noch zwei Schritte lag John-Paul von Schneider entfernt, der plötzlich sein Gesicht zu einer diabolischen Miene verzog. Mit geweiteten Augen vermittelte Schneider John-Paul, dass er bloß weiterziehen solle.

Das Entsetzen über Schneiders Mimik stand John-Paul für einen kurzen Augenblick im Gesicht geschrieben, als wäre er dem Teufel persönlich begegnet. Hastig schlug er die andere Seite ein und vergnügte sich dort weiter, ohne noch mal einen Blick zu Schneider zu wagen. Das war auch gut so. Gleich nach dem John-Paul die Seite gewechselt hatte, sackte Schneider leicht zusammen. Erleichtert stieß er Luft aus und blickte seine Kollegin an, die keinerlei Anstalten zeigte, um ihm im Notfall zur Hilfe zu eilen, ihm aber ein anerkennendes Lächeln zukommen ließ und ihn kurz bewundernd am Arm fasste. Ihre lobende Geste wirkte wie eine Befreiung, die ihm aufzeigte, dass man im Leben mit Güte und gutem Zureden eben nicht immer weiterkam, manchmal musste man auch mal energisch seinen Standpunkt klar vertreten, und das funktionierte sogar ohne Worte, wie er feststellen konnte.

Plötzlich kam John-Paul an ihnen vorbeigerauscht, mit einem Kerl im Schlepp, den er wie ein Fähnchen hinter sich herzog und ihn auf die Bühne beförderte. Als er auf der Bühne stand, wirbelten plötzlich seine Mädels durch die Menge, eingehüllt in aufwendigen Kleidern und mit roten Rosen bewaffnet, die sie an jedem Mann verteilten und dabei ein heilloses Durcheinander verursachten. Aber so schnell, wie sie aus dem Nichts gekommen waren, waren sie auch wieder verschwunden.

Dana brauchte eine Weile, um ihre Gedanken wieder zu sortieren, die durch das Getobe durcheinandergerieten. Dann plötzlich sah sie nur noch, wie Kollege Schneider sich die Rose zwischen die Zähne klemmte und heißblütig wie ein spanischer Matador nach ihr schnappte, so dass sie in Rückenlage geriet und er ihr übergebeugt heißglühend in die Augen sah.

Der Abend verlief recht unterhaltsam. Schneider gab sein Bestes beim Tangotanzen, was allerdings doch ziemlich eckig und ruppig aussah. Einen Preis gab es leider nicht, aber dafür eine Menge Spaß, von dem Dana noch lange zehren würde. Aber die größte Anspannung hielt die Showeinlage für Schneider bereit. Die Ungewissheit, was da auf ihn zukam, zerrte an seinen Nerven. Endlich die Erlösung. Ein Schwarm aufgedonnerter Herren in Damenkostümen schwangen ihre Tanzbeine auf der Bühne. Eine Vorstellung, so pompös und bunt, wie man sie aus den Varietés in Paris her kennt, gespickt mit humaner Anzüglichkeit. Die Bekleidung zwar sehr knapp gehalten und die Präsentation ironisch, spitzfindig und klug, aber sauber. Begeistert sprach Schneider seiner Kollegin ein großes Kompliment aus, was sie mit einem charmanten Lächeln aufnahm.

»Dank nicht mir, sondern John-Paul.«

Nach der großen Showeinlage fand der Abend ein schnelles Ende. Die Musik spielte nur noch in leisen Tönen und hinter den Kulissen wurden schon die Gerätschaften verstaut und eingepackt, ohne jedoch die Veranstaltung zu stören. Unauffällig wurden die Reste vom Büffet zusammengestellt und teilweise abgeräumt und der Cateringbereich, bis auf ein Minimum geschlossen. Am Ende versammelten sich die letzten Gäste mit Herrn Schank an der Theke, plauderten über den netten Abend. Dana und Schneider, die dabei standen, nahmen dankbar die Komplimente entgegen. Besonders wurde die Vorstellung der Show-tanzgruppe in den Himmel gehoben. Viele Gäste waren doch angenehm über die Vielseitigkeit der Männer überrascht. Für Schank gab es bei so viel Anklang und Belobigung keine Zweifel. Die Firma Wingert musste im nächsten Jahr unbedingt wieder an den Start.

Zufrieden stießen Dana und Schneider ihre Sektgläser aneinander und tranken in seinem Zimmer noch ein Glas auf den gelungenen Abend. Eigens dafür ließ Dana eine Flasche Champagner und zwei Gläser mitgehen, um mit ihrem Kollegen noch einen Absacker im Hotel zu trinken. Für Schneider ein ungewohntes Ritual, für Dana Tradition. Vom Stress befreit, ließ sie sich mit ihrem Glas in der Hand in den Sessel zurückfallen. Gelöst und ungehemmt, hatte sie ihre Jacke zuvor auf Schneiders Bett geworfen und ihre Schuhe abgestreift und saß nun ihrem Kollegen gegenüber. Endlich geschafft. So sehr sie sich auch auf diesen Auftrag jedes Jahr freute, so sehr freute sie sich auch über den Abschluss und begoss ihn dann gerne mit einem kräftigen Schluck.

Ungeniert betrachtete Schneider seine Kollegin, die mit übereinander-liegenden Beinen im Sessel saß und versonnen ihr Glas in der Hand drehte. Ihre Knie stachen vorwitzig hervor. Ein gewohntes Bild und merkwürdigerweise hegte Schneider heute Abend keine Abneigung dagegen. Auch ihre blanken Schultern empfand er als sehr ästhetisch, die sich in makelloser Schönheit zeigten. Je länger er Dana betrachtete, umso unbegreiflicher stand er seiner Antipathie blankgelegter Körperteile entgegen. Mit jeder Sekunde, die er Dana anschaute, wuchs sein

Verständnis für Männer, die attraktiven Frauen gerne hinterherschauten. Plötzlich blickte sie zu ihm hinüber und lächelte zufrieden.

»Tut mir leid, dass ich dir deinen sonntäglichen Kirchgang vermiese«, bedauerte sie aufrichtig, wobei ihr Augenmerk auf den zwei Geburtstagsnelken haften blieb, die in einer schmalen Vase auf dem kleinen Tisch standen.

Schneider zuckte lässig mit der Schulter. »Ist nicht so schlimm.«

»Wir können das ja nächste Woche nachholen«, schlug sie vor und versetzte ihren Kollegen in Verblüffung. Kritisch zog er seine Brauen zusammen.

»Wir?«, forschte er vorsichtig nach.

Dana nickte unbeirrt. »Ja – ich denke – und Wingy denkt sicher auch so, es könnte mir nicht schaden.«

»Das glaube ich jetzt nicht«, sagte Schneider fassungslos und legte ein zynisches Lächeln auf, »und ich war schon der Meinung, du könntest mich nicht mehr überraschen.«

»Wart's nur ab, wenn ich zur Hochform auflaufe«, witzelte sie und klang dabei ein wenig bedrohlich.

Die Aufräumarbeiten tags darauf verliefen reibungslos. Schon am späten Nachmittag zeigte sich die Halle wieder in ihrer gewohnten glanzlosen Seite. Nichts deutete mehr auf eine feierliche Veranstaltung hin. Nacheinander kontrollierten Dana und Schneider ihre Listen und konnten schließlich alles abhaken und sicher sein, dass alles wieder in den richtigen Händen gelangt war.

Begutachtend ließ Schneider zum Schluss seine Blicke durch die riesige, leere Halle wandern. »Schon komisch – da braucht man Tage zum Aufbau und an einem Tag ist alles wieder niedergerissen.«

»So ist das Leben«, erklärte Dana mit der Bedeutsamkeit einer Lebensspezialistin.

Bedacht nickte Schneider wandte sich seiner Kollegin zu. Ihm kam ein Gedanke. »Müssen wir noch zu Herrn Schank?«, erkundigte er sich und blickte auf seine Uhr, am liebsten wäre er schon Zuhause gewesen.

»Nein.« Dana schüttelte ihren Kopf. »Normalerweise kommt er zu mir – aber heute ist er sicher anders beschäftigt«, züngelte sie bissig.

»Du klingst immer noch enttäuscht«, bemerkte Schneider an ihrem Unterton und schenkte ihr ein liebevolles und tröstendes Lächeln.

»Nein«, antwortete sie und hakte sich bei ihrem Kollegen ein und schlenderte gemeinsam mit ihm zum Ausgang, »ich habe doch jetzt einen neuen charmanten Gesprächspartner.«

Klang vielversprechend, was Kollegin Dana da von sich gab. Er drehte seinen Kopf in ihre Richtung. »Lädst du mich auch mal zum Knutschen ein?«

Nur zögerlich kam ihre Antwort und sehr abwesend. »Vielleicht?«, stellte sie dann in Aussicht.

Es war schon dunkel als Dana ihren Kollegen vor der Haustür absetzte. Sie half ihm, seine Sachen aus dem Kofferraum zu bergen und verabschiedete sich sogleich von ihm. Ein kräftiger Wind wehte, als sie noch zu einem kurzen Plausch an ihrem Kofferraum standen und Schneider sie noch bat, auf einen Kaffee hereinzukommen.

»Nein danke«, lehnte Dana freundlich ab, »ich möchte zu meiner Tochter.« Obwohl sie befand, dass das erfolgreiche Event schon einen krönenden Abschluss verdient gehabt hätte. Aber der Drang, ihre Tochter endlich wieder zu sehen und in die Arme zu schließen, überwog.

»Kann ich verstehen«, gestand Schneider ihr verständnisvoll zu und schaute ihr noch nach, wie sie sich geschmeidig hinters Steuer klemmte und winkend anfuhr und die Straße Richtung Stadt hinab fuhr.

*

Nervös fieberte Wingert schon der Teambesprechung entgegen. Seit ihrer kurzen Stippvisite in Mainz quälten sie Selbstvorwürfe, die ihr auf den Magen geschlagen waren. Sie hoffte flehentlich, dass es Schneider gut erging und er sich nicht aus lauter Verzweiflung in physischer Behandlung begeben hatte, oder gar den Freitod erwählte. Angespannt schaute sie zur Tür, die sie beabsichtigt hat offen stehen lassen, um zu sehen wann Schneider die Firma betrat. Im Normalfall, undenkbar. Aber bisher konnte sie ihn noch nicht registrieren und so wurde sie erneut von Selbstvorwürfen überhäuft. Plötzlich marschierte Dana an ihrem Büro vorbei, die einen kurzen verwirrten Blick durch die offene Tür warf und freundlich grüßte. Ein kurzer Gedanke flammte in Wingert auf. Vielleicht sollte sie ihre Angestellte verhören. Nein, zerschlug sie diesen Gedanken sogleich. Sie wollte sich keine Blöße geben, und so trommelte sie ungeduldig mit den Fingern auf dem Tisch herum, wartete.

Der Gemütszustand von Uta Werner ähnelte dem von Wingert, nur in einer anderen Richtung. Sie fieberte dem großen Ärger entgegen, den sie auf sich zukommen sah.

»Und, wie war's?«, schmetterte sie Dana gleich entgegen, als sie das Büro betrat.

Ungewohnt wortkarg wanderte Dana zum Schreibtisch und legte ihr Laptop auf dem Schreibtisch ab.

»Nu sag schon«, drängte Uta.

Geringschätzig legte Dana ihren Kopf schief. »Las mich mal zu Atem kommen.« Ohne Hast ließ sie ihre Jacke von den Schultern gleiten und hängte sie ordentlich an den Garderobenhaken neben der Tür auf. Verdutzt beobachtete Uta sie dabei. Normalerweise warf Kollegin Dana ihre Jacke einfach nur über ihren Bürosessel und warf sich dann selber hinein. Doch nun zog sie gesittet den Stuhl zurecht und setzte sich an den Schreibtisch und legte ein überlegendes Lächeln auf, was Uta zu einem nachdrücklichen Blick bewog.

»Es war okay«, antwortete Dana, ließ Uta mit Absicht noch etwas im Ungewissen.

Ungläubig und verwirrt lehnte sich Uta zurück und streifte sich eine Strähne aus dem Gesicht. »Ist das alles?«, legte sie eine verunsicherte Frage nach, die Danas Lächeln nicht zu deuten wusste, das wenig Aufschluss über Schneiders bevorstehenden Bericht ablieferte, »was ist mit dem Rapport?«

»Was soll damit sein? Wir haben wie immer unseren Job erledigt.«

»Nu red schon«, entgegnete Uta gereizt, »wie hat Schneider auf die Show reagiert?«

Dana setzte sich aufrecht. »Die Show wurde abgewandelt«, rückte sie endlich mit der Wahrheit heraus und erhob zu Utas Beruhigung ihre Hände, »Schneider wird keinen negativen Rapport abgeben.«

Erleichtert stieß Uta Luft aus.

»Es gibt aber ein, Aber.«

Wieder aufgerüttelt starrte Uta ihre Kollegin an. »Was?«, stieß sie hektisch aus.

»Na ja, ich musste das diplomatisch lösen. Schneider möchte, dass die Show auch künftig sauber bleibt.«

Fragend zog Uta ihre Brauen hoch, was Dana gleich zu einer Erklärung veranlasste.

»Sauber, eben. Ohne Sauerei.«

Wenig begeistert ließ Uta ein dumpfes »Äh« verlauten.

»Ja. Das ist seine Bedingung, und Schank ist auch einverstanden.«

Mit einem zufriedenen Lächeln ließ sich Uta entspannt zurückfallen. »Dann ist ja alles in Ordnung.« Eine Weile schaute sie Dana an, dann kam ihr etwas anders in den Sinn. »Und, wie war der Rest?«, versuchte sie zu entlocken. Die Zusammenarbeit zwischen ihr und Schneider interessierte sie brennend.

»Wir haben uns gut unterhalten, falls du Schneider meinst.«

»Du hast dich gelangweilt«, schloss Uta aus ihrer Antwort und drängte mit ihren Blicken Näheres zu erfahren.

Versonnen blickte Dana zur Decke und drehte ihren Sessel dabei hin und her. »Nein.«

»Ach komm schon, sag's mir«, entfuhr Uta, »nu mach doch nicht so ein Geheimnis daraus.«

Wieder mit dem schlecht zu deutendem Lächeln blickte Dana ihre Kollegin an. »Was soll ich sagen«, wollte sie nicht wirklich preis geben, »Schneider ist auf seine ganz spezielle Weise – ein sehr unterhaltsamer Mensch.«

Geringschätzig verzog Uta ihr Gesicht. »Unterhaltsam? Auf seine Weise?« Von Dana erhielt sie nur ein Achselzucken, wobei es Uta auch beließ. Diplomatische Langeweile, schloss sie daraus.

Angespannt trommelte Wingert unterdessen immer noch auf dem Schreibtisch herum, dann folgte ein nervöser Blick zur Armbanduhr. 8.33 Uhr registrierte sie. Nun gab es kein Halten mehr. Kurz entschlossen marschierte sie aus ihrem Büro den Gang hinunter zu Uta und Dana. Ohne Anklopfen schneite sie einfach rein. Gezielt blickte sie Dana an.

»Wo steckt Schneider?«, schmetterte sie ihr gleich eine Frage an den Kopf.

Unschuldsvoll zog Dana ihre Schultern hoch. »Ich habe keine Ahnung, ich habe Harald heute noch nicht gesehen.«

Wingerts Blick blieb an Uta hängen, die nur ratlos zurückstarrte und ihre Schultern hochzog, dann schwenkte sie wieder zu Dana um.

»Sie nennen ihn Harald?«, stieß Wingert entrückt aus.

Unbeeindruckt blickte Dana zu ihrer Chefin auf. »Ja, das ist sein Name... Hatten Sie gewusst, dass er einen Vornamen besitzt?«, zog sie ihre verstörte Chefin auf.

Energisch verschränkte Wingert ihre Arme. »Wer hätte das gedacht«, konterte sie scharfzüngig.

»Guten Morgen, die Damen«, ertönte plötzlich eine fröhliche, männliche Stimme, die gute Laune versprühte.

Hastig wandte sich Wingert nach ihrem Angestellten Schneider um, der sie anstrahlte. »Wo waren Sie?«, herrschte sie ihn gleich an.

»In meinem Büro«, erklärte er unbeeindruckt und deutete in die Richtung, »warum?«, setzte er verwirrt nach.

Erstaunt musterte sie ihn. »Ich hatte Sie nicht kommen sehen«, erklärte sie ihre Besorgnis und fand schnell heraus, warum. Schneider trug keine Strickjacke, auf die sie so fixiert war. »Ich warte auf den Rapport.«

»Die Besprechungen finden doch erst immer um neun statt«, sagte Schneider ungerührt und schob seinen Ärmel zurück und schaute kontrollierend auf seine Armbanduhr.

Wingert geriet über ihre Unverfrorenheit ins Stocken. »Ja.. natürlich... Ich erwarte Sie dann gleich.« Schnell zog sie ab.

»Ich hätte mit dir noch gerne etwas abgeklärt«, ließ Schneider Dana wissen und ließ ihrer verstörten Kollegin ein überlegenes Lächeln zuteilkommen.

Dana nickte. »Ich komm gleich zu dir«, antwortete sie brav und schaute ihm noch nach, als er das Büro verließ.

»Du duzt ihn?«, war Uta völlig platt.

»Warum nicht, das tun wir doch alle untereinander.«

»Schneider war aber immer die Ausnahme.... Immerhin steht er über den Dingen«, frotzelte sie.

»Ach, quatsch«, dementierte Dana, »wenn du ihn näher kennen lernst, wirst du merken... der Typ ist total normal.«

Uta betrachtete ihre Aussage mit Skepsis. »Na - ich glaube eher, du hast ihn einer Gehirnwäsche unterzogen.«

Dana wollte nicht näher darauf eingehen und schwang sich aus dem Sessel. »Ich sollte ihn nicht warten lassen«, sagte sie nur knapp und zog ab.

Eigentlich hatte Wingert erhofft, mehr über die Zusammenarbeit zwischen Dana und Schneider zu erfahren, aber die Beiden zeigten sich verschlossen und hielten sich streng an ihren objektiven Bericht über die Veranstaltung. Dabei platzte Wingert beinahe vor Neugier, aber nachhaken ziemte sich nicht. Was ihre Angestellten außerhalb der Veranstaltungen trieben, unterlag der Privatsphäre. Nur eine Gewissheit blieb ihr. Die Idee, beide gemeinsam mit einer Veranstaltung zu betrauen, raufte die Zwei zusammen. Endlich zeichnete sich seitens Dana Respekt gegenüber ihrem Kollegen ab und Schneider zeigte sich forscher und bestimmter, und er schien plötzlich mehr Gefallen am Leben gefunden zu haben.

*

Die ganze Woche rauschte an Dana nur so vorbei. Unaufhaltsam und mit einem gefühlten schnelleren Ticken raste die Zeit. Mit jeder Minute fieberte sie mit Magenkribbeln der versprochenen Sonntagsmesse entgegen. Mehrmals kam ihr die Überlegung in den Sinn abzusagen, aber versprochen war nun mal versprochen. Ihrer Tochter predigte sie auch ständig diesen Spruch, also musste sie es nun auch durchstehen. Und so stand für sie der Sonntagmorgen fest.

Schneider hingegen nahm die ganze Angelegenheit nicht mehr für bare Münze. Die ganze Woche über verschwendete Dana nicht einen Gedanken über die Sonntagsmesse. Dabei gab es viele Möglichkeiten, nochmals darüber zu reden, aber er wollte sie nicht darauf ansprechen. Er mochte sie nicht drängen oder gar ihr das Gefühl vermitteln, dass sie sich verpflichtet fühlen musste. Doch freitags in seinem Büro überkam ihm das Gefühl, sie doch ansprechen zu müssen. Ganz entgegengesetzt ihrer alten Angewohnheiten, saß Dana manierlich vor seinem Schreibtisch und besprach mit ihm Einladungen zu einem Oldtimertreffen. Die Sache konnte Dana schnell abhandeln, weil ihr Kollege wie immer schon alles Mögliche an Einladungen vorbereitet in der Schublade bereithielt und so konnte sie sich schon eine passende aussuchen. Als sie so vertieft in seinem Ordner blätterte, kam plötzlich seine Frage.

»Hast du noch Interesse mit mir in die Messe zu gehen?«

Ohne ihren Blick aus dem Ordner zu nehmen sagte sie: »Ich werde am Sonntag da sein. Wie gesagt.«

»Du musst dich nicht verpflichtet fühlen, nur weil du mal was so daher gesagt hast.«

Dana schlug den Ordner zu und stellte ihn in ihrem Schoß auf, stützte ihre verschränkten Arme darüber und lächelte ihn an. »Ich habe das nicht nur so daher gesagt. Ich denke, es tut mir ganz gut.«

»Fein. Ich freue mich schon.« Er sah sie nachdenklich an. »Wir können auch morgen Abend gehen«, schlug er eine Änderung vor.

Dana zuckte mit der Schulter. »Ist der Samstag für ganz besonders schwerwiegende Fälle, so wie ich?«

Verdrießlich über ihren Spruch verzog er sein Gesicht. »Nein, aber du könntest am Sonntag ausschlafen – und – wir könnten nach der Messe noch essen gehen.«

Angenehm überrascht, stieß Dana einen Laut aus. »Soll – das eine Einladung sein?«

»Ja«, nickte Schneider entschlossen, »ich muss doch noch auf meinen Geburtstag einen ausgeben – und außerdem möchte ich auch ganz gerne deine Tochter kennenlernen.«

»Oh je«, überfielen Dana Bedenken, »ich glaube nicht, dass ich sie überzeugen kann«, lachte sie und gelobte, all ihre Überzeugungskünste einzusetzen.

Wie vereinbart wartete Dana vor der Kirche. Eingehüllt in ihrer warmen Jacke stand ihre Tochter Kim gelangweilt neben ihr und betrachtete die Leute, die an ihnen vorbeizogen. Bei dieser unbehaglichen Dunkelheit und Kälte säße sie jetzt viel lieber vor dem Fernseher und schaute sich ihre Lieblingssendung an.

»Ich hoffe der Abend lohnt sich«, murrte Kim und verzog ihren Mund zu einer Schnute und streifte sich eine Strähne ihrer langen, dunklen Haare aus dem Gesicht.

»Sei nicht so grantig«, mahnte Dana und sah in diesem Augenblick Schneider aus der Fußgängerzone auf sie zukommen. Er schob sein Fahrrad neben sich her. »Da ist er.« Sie stieß ihre Tochter an und deutete auf ihn.

»Na ja«, ließ Kim geringschätzig verlauten, »wenigstens sieht er gut aus.«

Maßregelnd wandte sich Dana ihrer Tochter zu und grollte. Sie wollte gerade etwas sagen, da stand Schneider schon neben ihr.

»Hallo, ihr Beiden«, grüßte er salopp und reichte Kim die Hand über sein Fahrrad, »ich freu mich dich kennenzulernen.«

»Hallo«, antwortete sie schüchtern, was bei ihrer Mutter auf Argwohn stieß. Kim gehörte zu den lebhaften Menschen und stand Fremden immer offen und eher respektlos gegenüber. Verblüfft über ihre Tochter hielt Dana ihre Blicke auf Kim gerichtet und reagierte gar nicht, als Schneider ihr ebenfalls die Hand reichte. Erst als er sie gezielt ansprach, zuckte sie aufgeschreckt zusammen und erwiderte seinen Händedruck.

»Stimmt was nicht?«, erkundigte sich Schneider bemüht. Ihm war Danas Verstörtheit aufgefallen.

»Doch, doch«, nickte Dana heftig und verfiel gleich wieder in Skepsis. Besser war's, sie hielt ihre Tochter unter Kontrolle, um sich vor bösen Überraschungen zu wappnen.

Achtsam, Danas befremdlichem Verhalten wegen, schob Schneider sein Fahrrad in die bereitgestellten Fahrradständer. In der Zwischenzeit war Dana mit ihrer Tochter schon zum Eingang vorgegangen und wartete geduldig. Spätestens jetzt rechnete sie mit einem Spruch von Kim, um sich über Kollege Schneider auszulassen, aber nichts Dergleichen geschah. Sie zeigte sich sogar vorbildlich in der Kirche und folgte allen Regeln, die ihr im Religionsunterricht vermittelt wurden, von der Dana schon glaubte, sie seien ihr entfallen. Der Abend hielt noch mehr Überraschungen bereit. Als sie zum Essen beim Kroaten am Rheinufer ins Restaurant einkehrten, legte Kim ein sehr gesittetes Verhalten an den Tag. Friedlich saß sie am Tisch und studierte ruhig die Speisekarte. Normalerweise verzog sie ihr Gesicht zu einer Grimasse, wenn ihr ein Gericht auf der Karte nicht behagte und ließ eine abfällige Bemerkung fallen. Doch jetzt zeigte sie sich wie eine Dame. Auch unterbrach sie keine Unterhaltung, in die sie normalerweise schon mal gerne eine passende Anzüglichkeit einwarf. Dana erkannte ihre eigene Tochter nicht wieder.

Auf dem Heimweg begleitete Schneider beschützerisch die Damen. Sein Fahrrad schob er neben sich her und die Fahrradleuchte zeigte ihnen dabei den Weg. Ca. 100 Meter vor der Haustür rannte Kim vor, nach dem sie höflich um Erlaubnis bat. Mit schiefgelegtem Kopf schaute Dana ihr hinterher und sah, wie ihre Tochter die Treppen vom Haus hinaufhüpfte und hinter der Tür verschwand.

»Du hast eine sehr liebe Tochter«, unterbrach Schneider ihre Gedanken.

Aufgeschreckt starrte Dana ihren Kollegen an, der neben ihr stand. »Sie ist mir unheimlich«, stieß sie aus.

»Wieso? Sie macht doch gar nichts«, verstand Schneider ihre abtrünnige Meinung über ihr eigen Fleisch und Blut nicht.

»Eben«, entfuhr ihr, »du solltest sie sonst hören.«

Schneider lachte. »Na ja, wenn es wirklich so ist, dann hat sie einen guten Lehrmeister.«

Entrüstet stöhnte Dana. »Mach nur weiter so«, ärgerte sie sich, konnte aber nicht lange ernst bleiben und musste schließlich auch lachen. Sie schlenderten weiter, bis sie vor dem Haus standen. Schneider stellte sein Fahrrad ab und schaute Dana erwartungsvoll an.

»Ich hoffe, der Abend hat dir gefallen.«

Sie nickte sanft. »Ja, sehr. Gute Nacht«, sagte sie leise und wandte sich mit einem lieben Lächeln ab, doch Schneider hielt sie wie aus einem Reflex heraus am Arm zurück, worauf sie ihn verblüfft anschaute und bevor sie reagieren konnte, hatte er sich vorgebeugt und küsste sie sanft.

Verwirrt starrte Dana ihren Kollegen an. »Wie muss ich das verstehen?«

Er zuckte unschlüssig mit den Mundwinkeln. Jetzt schon von Liebe zu reden, erschien ihm noch zu früh, auch wollte er sie nicht gleich verschrecken. »Du bist mir ans Herz gewachsen«, fand er schnell eine andere Auslegung.

»Glaubst du wirklich, aus uns könnte sich was entwickeln?«, war sie eher vorsichtig.

»Wenn jeder den anderen so akzeptiert, wie er ist.«

»Ich weiß nicht. Dazu gehört schon noch ein bisschen mehr.«

Wieder beugte er sich vor und küsste sie erneut. Innig und zart. Dann legte er seine Arme um sie, drückte sie fester an sich und legte mehr Leidenschaft in seinen Kuss. Dana ließ es geschehen. Erlegen lag sie in seinen Armen. Plötzlich ließ er von ihr ab und erntete einen fragenden Blick, den er für nicht ganz hoffnungslos deutete. »So ganz abgeneigt bist du aber nicht«, folgerte er aus ihrer Bereitwilligkeit und drängte sie nicht weiter, um ihr die Möglichkeit einzuräumen ihre Gefühle zu sortieren. »Wir sehen uns am Montag, oder früher, wenn du magst.« Mit einer schnellen Drehung schnappte er sein Fahrrad, schwang sich athletisch auf den Sattel und radelte davon.

Dana brauchte noch eine Weile, um die Geschehnisse zu verarbeiten und musste gegen ein komisches Gefühl ankämpfen. Sein Kuss wühlte sie auf, der auch eine neue Erfahrung mitzog. Noch nie ist sie vor der Haustür geküsst worden. Dieser romantische Teil blieb ihr bisher verwehrt. Eine schöne Erfahrung, die aber über ihre Unschlüssigkeit nicht hinwegtäuschen konnte. Sie musste ihre Gedanken und Gefühle ordnen, die gehörig Achterbahn fuhren, um sich klar zu werden, wie sie zu Harald Schneider stand.

Der Montag läutete wieder den Alltag ein. Wingert saß über ihrer Tastatur gebeugt und las die E-Mail, die ihr Herr Schank persönlich übermittelt hatte. Nachdenklich lehnte sie sich zurück und verinnerlichte die Zeilen und öffnete dann mit Spannung den Anhang.

Unterdessen setzte Dana ihre Tochter vor der Schule ab und fuhr in die Firma. Als sie den Wagen abstellte, kam ihr das Wochenende wieder in Erinnerung, nein, der Samstag. Wieder meldete sich dieses komische Gefühl zurück. Sie wusste immer noch nicht, wie sie auf Schneiders Annäherung eingehen sollte. Sie seufzte in sich hinein und verdrängte den Gedanken. Sie hielt es für besser, den Dingen ihren Lauf nehmen zu lassen, ihre nächste Reaktion, wenn sie auf Schneider traf würde die Entscheidung bringen, da war sie sich sicher. So betrat sie wenig später mit einem lauten »Hallo« den Empfang und stand gleich neben ihrem Kollegen, als hätte er auf sie gelauert.

»Hallo«, grüßte er ebenfalls und lächelte sie intensiv an, was sie gerne erwiderte. »Ein schönes Restwochenende gehabt?«, erkundigte er sich lieb.

»Ja«, antwortete sie verzückt und gab ihm einen Klaps, als er von der Telefonistin ein paar Unterlagen erhielt und unbeirrt wieder in sein Büro schritt. Weber, die hinterm Tresen stand, beäugte die beiden ungläubig, hielt aber mit einem Kommentar inne.

»Petry!«, rief Wingert plötzlich aus dem Hinterhalt und schreckte sie auf.

Ertappt drehte sich Dana nach ihr um und musste stark schlucken. Wingert stand angelehnt am Rahmen, ihre Arme verschränkt und ihre Lippen geschürzt, was auf Ärger hindeutete.

»Ja«, meldete sich Dana brav.

»Ich muss Sie sprechen«, gab sie ihr kühl zu verstehen.

Bedeutsam blickte Dana auf ihre Armbanduhr, um ihr aufzuzeigen, dass ihr Arbeitstag erst in ein paar Minuten begann. Aber an Wingerts nachdrücklichem Blick merkte sie gleich, dass sie damit nicht durchkam. Schnellen Schrittes eilte Wingert voran und setzte sich hinter ihren Schreibtisch. Dana folgte ihr nur zögerlich.

»Habe ich Sie verärgert?«, tastete sich Dana vorsichtig heran und setzte sich auf einen der Besucherstühle.

»Ich bin erstaunt, wie Herr Schneider Ihre körperlichen Attacken hinnimmt.«

»Bitte?«, stieß Dana empört aus über ihre Anschuldigung.

»Sie brauchen gar nicht so zu tun«, wies Wingert ihre Angestellte zurecht und stellte ihre Arme auf, »ich habe Sie die ganze letzte Woche beobachtet – ich muss zugeben – Sie gehen mit Herrn Schneider verbal behutsamer um – aber dafür suchen Sie häufiger den Köperkontakt. Wundert mich, dass er sich noch nicht beschwert hat.«

Körperkontakt?, schoss es Dana durch den Sinn, ihr war das gar nicht so sehr aufgefallen. Aber es stimmte, musste sie sich zugestehen. »Er sieht das wohl nicht mehr so eng«, tönte sie schließlich salopp und das konnte sie getrost seit dem letzten Samstag, was bei ihrer Chefin auf ablehnendes Kopfschütteln stieß.

»Ich hätte nur allzu gern gewusst, was Sie mit ihm in Mainz angestellt haben.«

Dana verzog ihren Mund zu einem Schmunzeln. Sie genoss, wie Wingert an der Ungewissheit nagte. »Wir haben uns ausgesprochen und zusammengerauft – das wollten Sie doch.«

Wingert räusperte sich. »Ich hätte gerne Mäuschen bei Ihnen gespielt«, sagte sie nachdenklich, »vor allem an diesem Donnerstag«, fügte sie gewichtig hinzu.

»Was hätten Sie da schon erfahren können«, konterte Dana abgebrüht, »außer, dass wir vier und nicht nur drei Flaschen Wein hatten«, gab sie offen zu.

Verblüfft über ihre ehrliche Antwort, zog Wingert ihre Stirn nachdenklich hoch, dann kam sie auf ihr eigentliches Anliegen. »Ich habe eine Mail von Herrn Schank erhalten.«

Ein entsetzter Ruck durchzog Danas Körper. Normalerweise suchte Schank den Kontakt zu ihr. »Und?«, fragte sie in Pokerhaltung nach und legte ihr Unschuldsgesicht auf, suchte aber gedanklich schon nach Ausreden.

»Er lobt Sie und Herrn Schneider in hohen Tönen.«

Dana lachte erleichtert. »Wir haben uns ja auch ganz schön ins Zeug gelegt«, sprach sie begeistert aus und musste zeitgleich an Pascals und John-Pauls Verhältnis denken. Das gelang ihr sogar ohne sich schütteln zu müssen.

»Besonders erwähnte er den Showakt«, legte Wingert bedeutsam nach.

»Ach ja«, tat Dana scheinheilig.

»Ihm war gar nicht bekannt, dass diese Frauen... oder soll ich besser sagen, Männer? Auch eine anständige Aufführung im Programm führen.«

Eingeschüchtert und ertappt senkte Dana ihre Augen. Wingert wusste allen Anscheins nach alles. Leichte Verärgerung überfiel sie, dass ausgerechnet Schank sich mit seiner Mail an Wingert nicht an ihre ausgearbeitete Vereinbarung hielt. Gefasst richtete sich Dana auf eine Standpauke ein. Leicht nervös rutschte sie dabei auf dem Stuhl hin und her. Aber Stille, was sie veranlasste von sich aus eine Erklärung abzugeben. »Zu dieser Tanzgruppe .... muss ich Ihnen etwas erläutern.«

»Ich möchte es gar nicht wissen«, unterbrach Wingert gleich mit ablehnender Gestik, »ich bin nur froh, dass Sie auf den Pfad der Tugend wieder zurückgefunden haben.«

Würdevoll und erleichtert richtete sich Dana auf. »Gibt es sonst noch etwas?«, erkundigte sie sich.

»Im nächsten Jahr hätte Schank Sie gerne wieder.«

»Darf ich denn?«, hakte Dana vorsichtig nach.

»Ich wüsste nicht wen ich sonst schicken sollte.« Sie zog eine Schublade neben sich auf und holte einen Umschlag hervor und schob ihn über den Tisch. »Ich dachte, nach diesem tollen Erfolg... könnten Sie jetzt anknüpfen. Ich habe da im Schwarzwald ein kleines Hotel, die möchten ihre Gastronomie etwas beleben. Das wäre doch was für Sie und Herrn Schneider.«

»Um was geht es da genau?«, holte Dana vorsichtig Erkundigung ein, bevor sie ihre Zusage geben wollte.

»Tanztees.«

Dana sprang erregt auf. »Oh nein«, lehnte sie strikt ab, »Sie wollen mich doch nicht in diese Anstandsschublade stecken?«

Ruhig legte Wingert ihre Finger aneinander und schaute zu ihrer Angestellten auf. »Anstandsschublade? Nachdem, was Sie mit Herrn Schneider abgezogen haben?«

Pikiert schob Dana ihr Kinn vor. »Ich habe nichts abgezogen«, wehrte sie sich.

Langsam drehte Wingert ihren Bildschirm in ihre Richtung. »Dann erklären Sie mir mal, was da los war?«

Dana beugte sich vor und betrachtete das Foto, was jemand von ihr und Schneider geschossen hatte. »Wir haben getanzt«, erklärte sie geständig mit leichter Verlegenheit.

»Schneider mit Pomade im Haar und Rose im Mund, wobei er, tief schmachtend über Sie gebeugt, Sie in den Armen hält?«

Angespannt suchte Dana nach Worten. »Das gehörte zum Spiel«, verteidigte sie sich und hantierte zaudernd mit den Händen.

»Fein«, war Wingert angetan von ihrer Fähigkeit und Erfahrung, »dann kennen Sie sich ja aus.«

»Okay«, gab Dana klein bei. Nachdem ihre Chefin Gnade walten ließ, wollte sie sich nicht quer stellen. »Ich rede mit Schneider.«

Wingert schob den Umschlag noch näher an die andere Tischkante. »In dem Umschlag finden Sie alle nötigen Informationen.«

Gefügig nahm Dana das Kuvert an sich und wackelte aus dem Büro. Vor der Tür schlug sie nachdenklich den Umschlag in ihre offene Hand, dann zog sie zielstrebig in Schneiders Büro. Schwungvoll trat sie ein, schloss schnell wieder die Tür und folgte ihren alten Gewohnheiten. Sie schob einen Ordner auf die Seite, positionierte sich mit einer Pohälfte auf den Schreibtisch und kokettierte mit ihrem Bein vor seiner Nase herum.

Glücklich schaute Schneider zu seiner Kollegin auf, die mit ihrer Gestik deutlich aufzeigte, dass sie auf seine Annäherung eingehen wollte, aber auch Enttäuschung stieg in ihm auf. »Lange Hose?«, sagte er verwirrt.

»Nun ja – draußen wird es langsam kalt«, erklärte sie und legte einen lieblichen Blick auf, »Lust auf einen neuen Auftrag mit mir?«, hauchte sie verführerisch.

»Kann ich mich dem denn entziehen?«

»Eher nicht – du weißt ja, wie hartnäckig Wingy sein kann.«

Langsam schob Schneider seine Hand in Danas Hosenbein und massierte ihre Wade. »Um was geht es?«, holte er Erkundigung ein.

Dana zuckte leicht erregt. »Um ein kleines Hotel in einem verschlagenen Nest im Schwarzwald.«

»Klingt gut«, sagte er angetan und schaute zu Dana auf, die erwartungsvoll ihre Lippen spitzte, aber nicht wagte, sich auf ein Liebesspiel im Büro einzulassen. »Was meinst du«, stellte Schneider eine Überlegung an, »macht es Sinn den Pyjama mitzunehmen?«

Züchtigend vertrieb Dana seine Hand im Hosenbein und schwang sich von seinem Tisch. Mit wenigen schnellen Schritten hatte sie die Tür erreicht. Keck blickte sie über ihre Schulter. »Nein«, gab sie ihm knapp zu verstehen und verließ lachend sein Büro.

Nachdenklich betrachtete Schneider noch eine Weile die Tür, durch die Dana gerade verschwunden war. Das Leben konnte so einfach und schön sein, wenn man sich darauf einließ und ein wenig auf seine Mitmenschen zuging. Glücklich ging er wieder an seine Arbeit ran und konnte kaum erwarten zu erfahren, was diese Frau noch so alles an Überraschungen bereithielt.

Ende

Was Sie außerdem nicht verpassen sollten

»Blechschaden«

Humorvoll und hinterlistig

»Doppelspiel«

Ein Westerwaldkrimi

Infos unter: www.krakelhuhn.bodautor.de